珈琲屋の人々

宝物を探しに

池永陽

双葉文庫

目次

恋敵

ごつごつした大きな右手だった。

掌《てのひら》にはケロイド状の引きつれが盛りあがっている。行介《こうすけ》が自分でつけた傷痕だ。

「人を殺した手……」

ぼそりと胸の奥で呟《つぶや》き、行介は傍らのアルコールランプの炎の上に、その手をゆっくりとかざす。

じわりと熱さが皮膚を覆《おお》う。じりじりと指の付根を焼く。皮膚を焦がす嫌な臭いが立ち上り、行介の眉間に深い皺《しわ》が刻まれる。が、それだけで顔の表情は変らない。

皮膚を焼く熱さはやがて耐えがたい痛みに変っていくが、行介の掌は炎の上から動かない。奥歯を力一杯嚙《か》みしめる。眉間の皺がさらに深くなる。

そのとき扉の鈴が小さな音を立てた。

客が入ってきたのだ。

行介は右手を、アルコールランプの炎の上からすっと離す。

「いらっしゃい」

いつものように、ぶっきらぼうな言葉が口から出る。

奥の席に座るかと思った客は、そのままカウンターの前に歩いてくる。ちらりと客の顔を見た行介は背筋をぴんと伸ばした。

「初名《はつな》先生」

直立不動の行介の口から思わず声が漏れ出る。

「久しぶりだね、宗田《そうだ》行介君。元気なようで何よりだ」

初名と呼ばれた男はそういって、行介に微笑みかけた。年は六十前後、白髪まじりの髪は短く刈りこんである。

「久しぶりであります。初名先生もお元気そうで何よりであります」

両脚にくっつけた指をぴんと伸ばしたまま行介は答える。

「まあまあ、そうしゃっちょこばらずに、ここは刑務所のなかじゃないんだから」

初名は胸の前で軽く手を振り、

「座ってもいいかな」

と目顔でカウンター前の丸椅子を指した。

「もちろんであります」

硬い口調で答える行介に、

「もっと、ざっくばらんにいこうじゃないか。そんな口調だと、はずむ話もそうでなくなってしまう」

椅子に体を滑りこませながら、初名がたしなめるようにいった。

「それではお言葉に甘えさせていただいて、ざっくばらんに参ります」

相変らず硬い口調の行介に、

「そうじゃなくて、もっと」

初名が頭を軽く振る。

「わかりました。それでは本当にざっくばらんにいきます」

行介は断りをいれてから、

「今日は出張か何かでこちらに」

声を和《やわ》らげて訊く。

「私はこの春、定年で退官してね——今は気楽な自由の身といったところかな」

顔を綻《ほころ》ばせて初名がいう。

「退官ですか——すると今日は岐阜から、こっちに」

「いや、宗田君が出所した年に府中に異動になってね。だからまあ今を含めて、ずっと都内にはいるわけなんだけどね」

「栄転ですか」

行介が岐阜刑務所に服役していたころ、初名の階級は確か看守長だったはずだ。

「栄転といえばそういうことかね。府中では矯正長だったから」

矯正長は刑務官の階級でいえば上から二つめで、それ以上はもう矯正監しかない。

「すると、二階級特進ですか。それはおめでとうございます」

ぺこりと行介は頭を下げる。

「特進といっても、私はもう退官した身だから、そんなことはもう」

また胸の前で初名が手を振った。

「すると、今は都内にご家族と一緒に住んでおられるわけですか」

何気なく行介はいう。

「いや、私はこちらに移ったときからずっと単身赴任だったから」

奥歯に物の挟まったようないい方をした。

「はあ、それはまた」

行介の胸に不審な思いが広がる。

単身赴任の身で退官したら、そのあとは家族の許《もと》へ帰るのが普通である。それなのに初名はいまだに東京都内に住んでいるといった。

「まあ、いろいろあってね。生きていくっていうのはなかなか大変だ」

初名が低い声でいってから、

「そんなときに宗田君のことを思い出してね。岐阜にいたころ、君はよく一度うちのコーヒーを飲みにきてくれと——その言葉を思い出して、こうしてやってきた次第でね」

何か事情がありそうなのは確かだが、本人が口にしない以上、詮索《せんさく》はできない。

「恐縮です」

と行介はいい、アルコールランプに火をつけてコーヒーサイフォンをセットする。

『珈琲屋』特製のオリジナルブレンドだ。

すぐに香ばしいコーヒーの薫りがあたりに漂う。

「いい薫りだなあ。宗田君がうちのコーヒーを飲みにこいっていってた気持が、わかるような気がするな」

初名は目を細め、

「あのころが、懐かしいなあ」

吐息をもらすようにいった。

行介は人を一人殺していた。

バブル景気が終る直前、この商店街一帯も地上げの対象になり、連日物騒な連中が土地を売れといってそれぞれの店に押しかけ、脅しをかけた。

だが商店街の結束は固く、土地を手離す者はほとんどいなかった。業を煮やした地上げ屋は脅しをエスカレートさせて、卑劣な手段に出た。当時、地上げ反対運動の会長をやっていた自転車屋の娘を、数人で暴行したのだ。娘はそれを苦に家の梁《はり》に洗濯物を干すためのロープをかけ、首を吊って自殺した。智子《ともこ》という名のその娘は、まだ高校二年生だった。

そんななか、地上げ屋の青野《あおの》が珈琲屋を訪れた。青野は智子を暴行した主犯らしく、そのときの様子を得意気に語った。話を聞いていた行介の怒りは頂点に達した。柔道で鍛えた節《ふし》くれ立った手が青野の髪をつかみ、店の八寸柱に何度も打ちつけた。

青野は死に、行介は懲役八年の実刑判決を受けて、岐阜刑務所に服役した。

初名正直《まさなお》はそのときの看守長だった。

「熱いですから」

ぼそっと行介はいい、サイフォンからカップにコーヒーを注ぎ、受け皿に載せて初名の前にそっと差し出す。

「いただきます」

初名は、カップをゆっくりと口に運ぶ。そっとすすりこみ、しばらく舌の上で転がすようにしてからこくりと飲みこんだ。

「うまいなあ……」

吐息とともにいった。

「ありがとうございます」

素直に行介は頭を下げる。

初名はそろそろとコーヒーを口に含み、そのたびに舌の上で転がすようにしてゆっくりと飲む。

カップのなかのコーヒーが残り少なくなったとき、

「それにいい店だ。年季が入っていて重厚さがあって、ここに座っているだけで気分が落ちついてくる」

無駄な装飾のない店内を見回しながら、初名が弾んだ口調でいった。

珈琲屋は樫《かし》材がふんだんに使われていた。重厚さと同時にほっとするような安らぎを訪れる客に感じてほしいという、行介の父親のこだわりだった。

「親父の残してくれた、たったひとつの大切な俺の財産です」

しんみりという行介に、

「その親父さんは？」

初名も同じような口振りで訊いた。

「死にました。俺が出所してきた直後に、心臓病が悪化して」

抑揚《よくよう》のない声で行介はいった。

「それは悪いことを訊いてしまった。すまなかった」

初名は丁寧に頭を下げた。

「じゃあ、親父さんの残してくれた、この大切な珈琲屋を何が何でも守り抜いていくというのが宗田君の使命のようなものだな。およばぬまでも、陰ながら祈っているよ」

目を細めていい、

「ところで宗田君、結婚は。この様子では独り身のようだが」

また、あたりを見回した。

「していません」

ぽつりといった。

「好きな女性は、いないのかな」

初名にいわれた瞬間、行介の胸に冬子《ふゆこ》の白い顔が浮びあがった。

「俺は人殺しですから、結婚などという人並な幸福は」

冬子の顔を押しやるようにいった。

「どうやら、好きな女性はいるようだが、宗田君の律儀な性格が結婚を邪魔している――おそらく、そんなところだろうが、君は立派に罪を償《つぐな》った。しかも、仮釈放を受けいれず、丸々八年間を刑務所で過ごした。そんな人間は、めったにはいない。私はそれで充分だと思うがね」

「懲役には服しましたが、罪の償いはしておりません」

はっきりと行介はいった。

「俺は一人の人間の命を奪っているのです。懲役に服そうが何をしようが、罪の償いなどできるはずがありません。法律的には許されても、俺の心がそれを許してくれません。この罪を背負って一生苦しみながら歩いていく。それが自分に科した、俺の宿命のようなものです」

一気にいった。言葉がほとばしり出た。

「相変らず宗田君は自分には厳しいな――そういう生き方を和らげるために法というものはあるんではないかね？　裁きを受けて、きちんとけじめをつける。それが法の役目だと私は思うんだが、この考えは間違っているのだろうか」

「それは」

絶句する行介に、

「また、こんなふうにも考えられるんじゃないだろうか。結婚をして人並な暮しをする――更生して立派に生きていくというのも、罪を償うひとつの形のような気もするけどね」

淡々とした口調で初名がいった。

「立派に生きるのも、罪を償うひとつの形……」

呟いてから、行介は首を左右に振った。胸の奥に、冬子の顔が浮んでいた。

「そんなことより、先生。ひょっとして先生は、俺に何か話があってここにきたのでは」

行介は話題を変えた。

「それは……」

「何か話したいことがあれば遠慮なく、おっしゃってください。俺にできることなら何でもさせてもらうつもりですから」

初名が、顔をわずかに歪《ゆが》めた。苦しそうな表情だった。何かいいたそうな様子にも見えた。

そのときまた、扉の鈴が鳴った。

乱暴に扉が押し開かれ、

「おい、行さん知ってるか。冬ちゃんの店に妙な男が出入りしているという噂《うわさ》を」

商店街で『アルル』という名の洋品店をやっている島木《しまき》が勢いよく入ってきた。島木と行介、それに『蕎麦処・辻井』の冬子は幼馴染《おさななじみ》の同級生で、親友ともいえる存在だった。

「あっこれは、お友達がきたようで。それなら宗田君、私はここらで失礼するよ」

初名はそういって残りのコーヒーを一気に飲みほした。

「いや、先生。せっかくここまでいらしたんですから、もう少し」

行介は慌てて止めにかかる。

「また、くるから大丈夫。明日にでもこの店がなくなってしまうわけじゃないだろうから。必ず、またくるから」

初名はポケットから小銭入れを出して勘定通りの金額をきっちり払い、行介と島木に軽く頭を下げて店を出ていった。


「おい、俺は何かまずいことでもしたか。話の邪魔でもしたのか」

丸椅子に座りながらいう島木に、

「少しはな。だが気にするな。初名先生はまたくるとおっしゃっていた。あの人は約束を必ず守る人だから、話のつづきはそのときにすればいい」

行介は穏やかにいい、初名の何かいいたげな様子を頭に浮べた。

「先生って――俺たちの学校に、あんな先生いたのか」

島木の口調に訝《いぶか》しげなものが混じる。

「あの人は学校の先生じゃない。刑務所の刑務官だった人だ。ある程度の役職についている人を俺たち受刑者は、尊敬をこめて先生と呼んでいるんだ」

行介は噛んで含めるようにいう。

「受刑者か……」

ぽつりと島木がいい、

「そうすると、あの先生はわざわざ岐阜からこの店に、お前を訪ねてきたということになるのか」

驚いた表情を顔一杯に浮べた。

「いや、岐阜から府中に異動になったそうで、それも無事に務め終えて退官し、今では気楽な自由の身だといっていたな」

「なるほど、そういうことか。それならまた、この店にくることは確実だな」

島木は深く詮索もせずに大きくうなずいてから、

「それより、冬ちゃんが大変なことになっている。近頃辻井に、妙にこざっぱりした妙齢の男が度々訪れて蕎麦を食っていくそうだ」

顔をしかめていった。

「客なら蕎麦を食うのが普通だろ。それに妙齢というのは、年ごろの女性に対しての言葉じゃなかったか」

「そうだったかな」

島木は首を傾《かし》げて、

「そんなことはどうでもいい。とにかく俺たちぐらいの四十前の男が、昼となく夜となく辻井にきて冬ちゃんに色目を遣っていく——そんな噂が商店街中に広がっているんだ」

吐き出すようにいった。

「そりゃあ、色目を遣う客も、一人や二人はいるだろう。客商売なんだから」

「何を呑気なことを。妙にこざっぱりとした、それも好男子らしいといったら、お前も少しは動揺するんじゃないか。つまり、相手はかなりいい男だというのが商店街中のもっぱらの噂だ」

どういうわけか、勝ち誇ったように島木はいう。

「いくら、いい男だといっても、あの冬子に限って」

ほんの少し動揺しながら、行介は太い腕をくんだ。

「そうだな、冬ちゃんに限ってそんなことはな。何たって冬ちゃんは宗田行介に首っ丈だから、お前は安心してるんだろうが。その宗田行介は冬ちゃんに対して、どんな態度をとっている」

島木がじろりと行介を睨《にら》んだ。

「一緒になろうとは、口が裂けてもいわない。ただ黙って見ているだけ。これじゃあ、蛇の生殺しと同じで、女はたまらない。そろそろ、誰かさんを見限ってもいいころだと俺は思うんだがね。それに――」

「それに何だ。はっきりいえ」

重い声を行介はあげた。

話を聞いているうちに何となく腹立たしくなってきた。

「お前だって冬ちゃんの性格を知ってるだろうが——冬ちゃんはお前の出所に合せるようにして婚家を離縁された出戻りだ。嫁ぎ先が旧家だからといって浮気までして、確実に離婚されるような既成事実さえ自分でこしらえてな。優しい心の反面、そんな激しい一面を持っているのが冬ちゃんという女なんだ」

「それは……」

言葉を濁す行介に、ここぞとばかりに立板に水の勢いで島木は喋《しゃべ》り出す。

「そりゃあ、世間から見ればとんでもない行為で許しがたいことかもしれないが、それほど冬ちゃんはお前に対して熱いものを持っているという証拠だ。商店街一のプレイボーイと呼ばれる俺からいわせれば、あんなに可愛い女はいない。そういうことだ、宗田行介。それに——」

「まだ、あるのか」

「大いにあるさ」

島木は叫ぶような声をあげ、

「あの一件だよ。さすがにお前も入院しているときは病院に通っていたが、今はどうだ。たまには辻井に顔を出しているのか。さっぱりだろう。いくらよくなったといっても、まだ退院してきてひと月ほどだ。そこはやっぱり、顔を出してやらないと男がすたるというもんじゃないのか」

大時代な言葉を口にして行介を睨みつけた。

「そんなところへ、いい男の登場だ。冬ちゃんの気持が揺らいだとしても、誰も文句をいうことはできない。そういうことだ、宗田行介。少しは考えろ」

「冬子には、その男のことを確かめてみたのか」

行介は腹立たしく思いながらも、不安も感じていた。

「確かめてないよ。何たって商店街の噂話だからな。まずはお前に御注進ということで飛んできたんだ」

「そうか」

太い腕をくんで宙を睨みつける行介に、

「おい、俺のコーヒー」

島木が不満そうに口を尖《とが》らせた。


次の日の昼食時――。

行介は辻井に蕎麦を食べに行こうか迷っていた。行けばあるいは、噂のその男に会えるかもしれなかった。だが、急に辻井を訪れるのも、いかにもわざとらしい気がした。

「やはり、夜にしよう。その男は夜、くるかもしれん」

ひとまず、昼に行くことはやめにしたが、この分では夜になっても同じ結果になるのは明白だった。

四時を過ぎたころ、客はテーブル席に二組がいるだけで、カウンターには誰もいない。扉の鈴がちりりんと鳴って新しい客が入ってきた。ちらりと目をやると冬子だ。行介の胸がざわっと騒いだ。こんな気持になったのはどれほどぶりか。

「こんにちは、行ちゃん」

冬子は屈託《くったく》のない笑顔を浮べて、さっさとカウンター前の丸椅子に腰を下ろす。

「いつもの、お願いします」

頬杖《ほおづえ》をついた。

冬子にしたら珍しいことだった。

「どうした、冬子。頬杖なんかついて、何か嫌なことでもあったのか」

できる限り柔らかな声を行介はかける。

「嫌なことがひとつと、いいことがひとつ」

頬杖をはずして冬子はいう。

「嫌なことと、いいことがひとつずつか。世間的にいえば相殺されて、チャラというところか」

珍しく軽口を飛ばす行介に、

「チャラにはならないみたい」

と冬子が、これも屈託のない声でいう。

「チャラにはならないって、いったい何があったというんだ」

何がいいことで何が嫌なことなのか……突然行介は息苦しさのようなものに襲われた。

「嫌なことは、行ちゃんが見舞いにきてくれないこと」

はっきりした口調で冬子がいった。

「それは冬子、お前」

行介は言葉を濁しながら考えをめぐらし、

「冬子もすっかりよくなったようだし、俺の出番は終ったかなと思って……」

掠《かす》れた声でいった。

「入院してたときは、あんなに頻繁に顔を見せてくれてたのに、退院したらさっぱり
――出番は終ったといわれたら、何もいい返せないけどね」

ほんの少し冬子の声に湿りけがまじった。

「ところで、もうひとつのいいことっていうのは、何なんだ。ひょっとして……」

いいかけて、行介は慌てて口を閉じた。息苦しさはまだつづいている。

「いわない。でも、もうすぐわかるはず」

冬子は、奇妙なことをいった。

もうすぐわかるとは、どういうことなのか。それを質《ただ》してみても冬子がいわないことはわかりきっていた。

行介はコーヒーを淹《い》れることに専念する。そうするより術《すべ》はなかった。こうときめたら梃子《てこ》でも動かない頑固なところが冬子にはあった。

「熱いから気をつけてな」

しばらくして行介はサイフォンからコーヒーをカップに入れる。受け皿に載せて、おずおずと冬子の前に置く。

「それで、傷の具合はどうなんだ」

「痛みはまだ少しあるけど、傷のほうは治っているみたい。といっても、乳房の下に五センチほどの痕が残っちゃった」

妙に明るい声で冬子がいった。

どうも今日の冬子は変である。

「五センチか。それぐらいの傷で命が助かったと思えば、よかったというべきかもしれないけどな」

慰める行介の顔を冬子がまともに見た。目が光っていた。

「見る……?」

大胆な言葉を口にした。

「見るってお前。そんなことは、いくら幼馴染だからといってそこまでは」

上ずった声をあげる行介に、

「そうだよね。いくらなんでも行きすぎだよね」

冬子は行介の顔から目をそらし、そっとコーヒーカップを手に取った。

冬子が左胸をナイフで刺されて重傷を負ったのは、二カ月ほど前のことだ。

度重なる夫の暴力から逃れてきた、訳ありの女性をかばってのことだった。

夫がその女性を探しあて、口論の末にナイフを手にして襲いかかったとき——咄嗟《とっさ》の出来事に傍らにいた冬子が動いた。ナイフの前に飛び出したのだ。ナイフは冬子の左胸に深々と埋った。

すぐに救急車が呼ばれ、行介も一緒に乗りこんで病院に向かった。

「冬子、冬子、冬子っ」

耳許《みみもと》で必死になって行介は名前を呼びつづけた。

病院に着くとすぐに緊急手術が行われ、行介は祈る気持でそれが終るのを手術室の前で待った。何度も何度も神に祈った。冬子は行介にとってかけがえのない女性だった。

手術は二時間半におよんだ。

赤いランプが消え、手術室から出てきた笹森《ささもり》という名の行介と同じほどの年齢の執刀医は、

「手術は成功しました。傷が深く、出血も多かったのですが……あとは術後の合併症に注意して安静にしていれば、じき良くなりますよ」

そういってその場を離れていった。

行介の目から涙が落ちた。

嬉しくて嬉しくてしようがなかった。

それからほとんど毎日、行介は冬子の病室を訪れ、島木もたびたびそれに付き添った。

経過は順調で、日を追うごとに回復していった。

冬子がコーヒーを飲み終えたころ、島木が顔を出した。

「何だ、冬ちゃんもきてたのか。聞いてるぞ、聞いてるぞ」

と冬子の隣に座りこむなり、素頓狂《すっとんきょう》な声をあげる島木に、

「島木、それは——」

行介はたしなめの言葉を出した。

一瞬、島木はぽかんとした表情を浮べたが行介の言葉に何かを察したらしく、そのまま口を閉ざした。

「島木君のいいたいことはよくわかってる。さっきも行ちゃんに訊かれたばかりだからね。でも、もうすぐわかるから」

何でもないことのようにいう冬子に、

「もうすぐわかるって、どういう意味なんだ。俺には冬ちゃんのいってることが、さっぱりわからないんだけど」

突っこんだ質問を島木がした。

「そうね。わからないよね」

冬子は低く呟いてから、

「行ちゃんがいいかけたことも、島木君の口にしたことも。両方とも近頃、うちの店にきているお客さんのことでしょ」

抑揚のない声を出した。

「そうだよ。冬ちゃん目当てに辻井に毎日のように訪れてくるという、イケメンの中年男のことだよ。もっともこれは商店街の噂だから、本当なのかどうかはわからないけどな」

島木が決定的な言葉を口にした。

「噂は本当――」

ぽつりと冬子がいった。

「本当にイケメンの中年男が、冬ちゃん目当てにきているのか」

慌てた声で島木はいい、

「そりゃあ、お前ほどの美人なんだから、誰がきたっておかしくはないけどな」

独り言のように呟いた。

「イケメンかどうかはわからないけど、そういうお客さんがいることは確か。そしてそのお客さん、もうすぐここに顔を見せるはず。五時頃っていってたから」

冬子がとんでもないことをいい出した。

「五時頃、ここにくるって？　だから、もうすぐわかるってことなのか」

島木は店の壁にかかっている、年代物の柱時計に目を走らす。時間は四時五十分。その男が現れるまで、あと十分だ。

「なぜ……」

カウンターのなかから行介は上ずった声を出した。

「なぜ、その人はこの店にやってくるんだ。こなければいけないような訳があるっていうのか」

胸の鼓動が速くなっているのがわかった。

「ごめん。詳しいことは私にもよくわからない。ただ、その人、行ちゃんに何か話があるからって――今日のお昼にきたとき、そんなことをいって五時頃、ここにいくって」

申しわけなさそうに冬子はいう。

「俺に話があるって……いったいどんな話があるっていうんだ」

「今いったように、それは私にはわからない。でも――行ちゃんも島木君も二人共、知ってる人だから、その人」

一瞬、静寂が周りをつつみこんだ。

「いったいそれは誰なんだ」

行介は睨むように冬子を見た。

「もうすぐわかるから、もうすぐ」

消えいりそうな声を冬子は出した。

時計が五時になろうとしていた。

行介は唾をごくりと飲みこんだ。


心が騒《ざわ》ついている。

洗い物をするシンクのなかの手は動いているのだが、力が入らない。原因は冬子だ。何をやっていても冬子の顔がすぐに頭に浮ぶ。それも笑った顔ではない。怒っている顔である。

「はっきりして、行ちゃん」

頭のなかの冬子は、こんなことをいっている。

行介は手をとめ、節くれだった右手をじっと見つめる。決して幸せになってはいけない手だった。幸せになる資格を失った手だった。

刑務所を出て以来、行介はずっとそう思いつづけて生きてきた。それが人を殺した自分に対する報いだと思った。他人様《ひとさま》の迷惑にならないように身を潜めて、ひっそりと生きていく。それが行介の筋だった。むろん、冬子に対してもだ。

しかし、それが……。

時計を見ると一時半を回っていた。

幸いというか何というか、店内に客は一人もいない。昼食は久しぶりに冬子の店に行ってみよう。むしょうに顔が見たかった。行介はそう決心して、シンクのなかの物を大きな手で乱暴に洗い出した。

少しして『蕎麦処・辻井』と染めぬかれた暖簾《のれん》をくぐると、昼時を過ぎたせいか客の入りは三分ほどだ。

「いらっしゃいませ」

冬子の母親の典子《のりこ》である。

「あら、久しぶりだね。冬子、行ちゃんがきたよ」

典子の声に、厨房の脇で伝票の整理をしていた冬子が手をとめる。すぐに熱いお茶とオシボリを持ってきて、

「本当、久しぶり。どういう風の吹きまわしなんだろうね」

探るような口調でいってから、顔中で笑いかけた。

「……蕎麦が食いたくなって、それでまあ、きたんだけど」

つまりぎみに行介は答える。

「ただ、それだけなの？」

じろりと冬子が睨んだ。

「決まってるだろ。蕎麦が食いたいから蕎麦屋にくる。その他にいったい何があるというんだ」

今度はぶっきらぼうな口調だ。

「ふうん」

と冬子は鼻にかかった声をあげ、

「コーヒーが飲みたくなったから行ちゃんの店に行く私と、まったく理由は同じなんだね。どうせなら、同じ町内の店に行って売りあげに貢献しないとね。誰にでもわかる、簡単な理屈よね」

何でもないことのようにいった。

「それは、まあ、そうだ」

ぼそっとした声を行介はあげる。

「で、行ちゃんは何を食べるの」

話を変える冬子に、

「ざる」

と行介は短く答える。

「一枚、それとも二枚？」

「一枚……」

「ざる、一枚ね。じゃあ、すぐに持ってくるから」

厨房に戻る後ろ姿を目で追いながら、なぜ冬子を前にすると素直なことがいえないいんだろうと自問自答するが、答えは簡単には出なかった。

行介の脳裏に数日前の出来事が浮ぶ。

五時になれば、町内で噂になっている男がやってくると冬子がいったときのことだ。

五時ちょうど。

扉の上の鈴が鳴って店に姿を現したのは冬子がいった通り、行介の見知った顔の男だった。

男は真直ぐカウンターの前まできて、冬子の隣の丸椅子に腰をおろし軽く行介に頭を下げた。

「笹森先生、あなたが！」

驚きの声をあげる行介に、

「ごぶさたしています。そのせつは、何かとお疲れ様でした」

男はまるで冬子の身内のようなことをいい、今度は丁寧に頭を下げた。

男の名前は笹森良三《りょうぞう》。冬子がナイフで刺されて緊急入院したときの担当医だった。年は行介たちと同じぐらいで、背は高く、端整な顔の持主だった。

「先生が冬ちゃんの店に通いつめているという、噂の主でしたか」

島木が素頓狂にいう。

「通いつめているかどうかはわかりませんが、時々いって蕎麦を食べていることは確かです」

よく通る声でいう笹森に、行介が声をかける。

「あの、何にしますか」

自然にいったつもりだったが、声が上ずっていた。

「ブレンドを、お願いします」

わずかに笑顔を見せる笹森とは逆に、行介は硬い表情のままコーヒーを淹れにかかる。

「先生の目的は辻井の蕎麦だけですか、それとも」

立ち入ったことを島木が訊いた。

「蕎麦は確かにうまいですが、それとは別に」

ふいに笹森の顔に真剣な表情が走る。

「辻井には冬子さんがいます。だから通わせてもらっています」

はっきりいった。

「ほうっ……ということは、先生は冬ちゃんのことを憎からず思っている。そういうことですか」

また、島木である。

「そうとってもらって、けっこうです。もっとも、当の冬子さんにしたら迷惑なことかもしれませんが」

いいながら笹森は隣にちらっと目を走らせるが、冬子は視線をカウンターに落していて、表情はわからない。

「これはまた、はっきりと」

軽く島木は頭を振り、

「そういうことだってよ、冬ちゃん」

というが、冬子はうつむいたまま何も答えない。

しばらく沈黙がつづいた。

「熱いですから」

行介は湯気の立つカップを、そっと笹森の前に置く。

「ありがとうございます」

笹森が、カップを包むように両手で持って口に運ぶ。そっとすすりこんだ。しばらく舌の上で味わうようにしてから静かに喉の奥に流しこむ。

刑務官だった初名の飲み方に似ていた。

人間ができてくると、みんな同じような飲み方をするものなのかと行介はふと思う。行介にしてみれば、初名にしても笹森にしても数段上の部類に入る人間であり、社会的地位も人格も勝てるはずのない人間だった。

行介は小さな吐息をつき、

「笹森先生は何か俺に話があると、冬子から聞いてますが」

低い声でいった。

「そのつもりで、ここにやってきました」

笹森はカップを皿に戻し、

「むろん、話というのは、ここにいる冬子さんのことです」

といい切った。

想像はついていたものの、行介の胸がざわっと騒ぐ。

「冬子さんが入院していたときから、僕は彼女のことが気になっていました。美しさはもちろん、真直ぐではっきりした性格が僕は大好きでした。しかし、冬子さんには宗田さんという相手がいる。お二人の気持は病院で見ていてもよくわかり、そのために僕は冬子さんを諦めようとしたんですが」

笹森は一気にいってから、喉に湿りけを与えるようにカップのなかのコーヒーを口にして、こくりと飲んだ。

「失礼だとは思いましたがこの商店街にきて、お二人の話をいろいろ訊いてみると。相思相愛ではあるけれど、宗田さんが犯した過去の障害のため一緒になるのは難しいらしいと」

過去の障害と笹森はいった。

行介の胸がずきりと疼《うず》いた。

「一度は冬ちゃんを諦めた笹森先生が、なぜこの町にきたんでしょう」

島木が行介の言葉を代弁するように訊く。

「未練でしょうね。諦めてはみたものの、顔ぐらい見るのはいいんじゃないだろうかという。駄目ですね、僕は。宗田さんのように強い意志の持主じゃない、ごく普通の人間ですから。だからつい、ふらふらとこの町に。お恥ずかしい限りですが、本当のことだからしようがない」

視線を落して笹森はいい、

「ですから、僕はお二人の障害につけこんでというか――もしこのままお二人が一緒になれないのであれば、僕も手を挙げてみようと。勝手ないい分ではありますが、そう思ったんです。むろん、決めるのは冬子さんですから、僕の一人相撲に終る確率は高いと思いますが、とにかく手を挙げてみるだけ挙げてみようと」

ぼそぼそと後をつづけた。

「すると、笹森先生は結婚を前提にして冬ちゃんとつきあいを——そういうことなのでしょうか」

島木が詰問口調でいった。

「僕は一度結婚に失敗して、七年前に協議離婚していますが、もしそれでも冬子さんがいいとおっしゃるなら……といっても、そんな返事がすぐにもらえるとは思えないので、はっきりした答えが出るまで僕は冬子さんにアプローチさせてもらおうと思っています」

笹森は申しわけなさそうな顔でいい、コーヒーカップを手に取り、そっと口に含んだ。

「やはり冷めると、味は落ちるものなのですね」

しみじみといってから、

「ぶっちゃけた話をしてしまえば、僕はバツイチを始めとする自分の立場を冬子さんにすべて話し、何度か外で逢ってもらえませんかと誘ってみましたが断られています。ですから今のところ完敗の状況ですが、はっきりした回答が出るまで僕はやめるつもりはありません」

叫ぶような声でいった。

「偉いっ！」

大声をあげたのは島木だ。

「断られても断られても、確かな答えが出るまでは相手に情を尽くす。まさに男のなかの男ですな、先生は——そこへいくとこの宗田行介というやつは年がら年中、のらりくらりと訳のわからんことを口にして、優柔不断そのもの。先生と比較すると大人と子供ぐらいの差があるというか。まったく困ったものです。なあ、行さん」

精一杯、笹森を持ちあげた。

「そういわれても俺は……」

言葉を濁す行介に、島木が勢いよくいった。

「冬ちゃんだって生身の人間だから、いつ何時《なんどき》、先生になびいてもおかしくはないと俺は思うぞ。見限られる前に手を打っておいたほうがいいんじゃないか。先生には悪いけどな。どうなんだ、行さん」

が、行介にはどう答えていいかわからない。何といっても自分は幸せになってはいけない人間なのだ。そんな人間に答えを出せといわれても。

強いていえば冬子とは、つかず離れずの関係を保っていたかった。互いをいちばんよく知っている、異性の幼馴染。顔を見れば安心感を覚えたし、話をすれば癒《いや》されるような気持になった。できればこのままの関係がずっとつづけばいいと思っていたが、これはずるいことなんだろうか。冬子にしても、自分のこうした気持はわかってくれているものと確信していたのだが。

「冬子」

行介は掠れた声でいった。

「冬子は、今のような関係は嫌なんだろうか」

うつむいていた冬子が徐々に顔をあげた。

「私は……」

ぽつりと言葉を切ってから、

「嫌です」

短く答えた。

冬子の言葉に、愕然としている自分を行介は感じた。

冬子なら、あるいは今のままでもいいといってくれるのではないか。そんな思いがあったのは確かだった。自分は冬子に甘えている。そう思った。行介には答える言葉が見つからなかった。

「ごめん、私」

冬子が低い声を出した。

「このあたりで帰るね。何だかこの場には、いないほうがいいような気がする。かといって別に怒っているわけじゃないから。行ちゃんのことは大好きだし、笹森先生のことも尊敬しているから、とてもありがたいことだと思っている。でも、答えを出すには時間がかかるような気がする。とても大切なことだから、考えて考えて考え抜かないと答えは出ないみたい」

ぺこりと頭を下げ、

「でも、本当にありがとうございます。こんな出戻りの私に対して、とても勿体《もったい》ないことだと思っています。女に生まれて、つくづくよかったと感じています」

冬子は財布を出して、カウンターの上に百円硬貨をきっちり並べ、

「じゃあ、帰ります」

ふわっと笑って店を出ていった。

島木と笹森が同時に軽い吐息をもらした。

「大変なことになったな、行さん」

嬉しそうに島木がいって視線を笹森のほうに向け、

「まだ、脈はあるようですね」

どちらの味方か、わからないようなことを口にした。

「いや、宗田さんはなかなかの強敵ですから、前途はどう考えてみても多難です」

笹森が首をぐるぐると回して大きな溜息をついた。

「何だか、お疲れぎみですね。医者の仕事は大変そうだから」

同情する島木に、

「大変でもないんですが、今日は午後からオペが二件あって」

何でもないことのように笹森はいった。

「オペが二件。それは何といったらいいか。やっぱり大変な仕事ですね」

島木の言葉に笹森は小さくうなずき、

「それじゃあ僕も、このあたりで帰ります。宗田さんに会うことができて胸のつかえがおり、ほっとしました」

行介の顔を真直ぐ見ていった。

「陰でこそこそやるのは好きじゃないですから。何もかも宗田さんに話して、これで冬子さんに関しては堂々と動くことができます。結果はどうであろうと」

笹森はゆっくりと立ちあがり、冬子に倣《なら》うようにきっちり代金通りの硬貨をカウンターに並べ、

「じゃあ、失礼します」

軽く会釈をして店を出ていった。

「おい、どうするんだ。えらいことになったじゃないか」

扉が閉まると、島木がすぐに身を乗り出してきた。

「どうするんだといわれてもな」

ぼそりと答えると、

「午後からオペが二件だってよ。俺たちとは生きる世界が違うよな。給料だって、目の玉が飛び出るほどもらってるだろうしな。背も高いし、イケメンだし。そんな男に言い寄られれば女だったら誰だって、ついふらふらということにも。たとえ、冬ちゃんでもな」

まくしたてるように島木がいった。

「それならそれで、仕方がないだろう」

「それはないだろう、行さん。冬ちゃんはお前がうんと首を縦に振りさえすれば、いつでも一緒になるつもりでいるんだから」

「俺は人並の幸せなど、手にしてはいけない人間だから」

ケロイド状に盛りあがった右手の傷痕を行介はじっと見る。

「何を莫迦なことを――行さんは立派に罪の償いをしてきたんだ。好きな女と一緒に暮すぐらいの、ささやかな幸せを手にするぐらいのことはいいと思うがな、俺は」

嚙みつくような顔で島木がいった。

行介の脳裏に初名の言葉が浮んだ。

ど ね。

——更生して立派に生きていくというのも、罪を償うひとつの形のような気もするけ
どね。

島木の言葉も初名の言葉も、行介にとってはありがたかったが、しかし自分は……行介は傷痕の残る右手を力一杯握りしめる。

「行さん、自分だろうが他人だろうが同じことだよ。罪を償えばただの人で、何ら変りはないよ。冬ちゃんと一緒になるべきだよ」

唇を尖らせて島木はいった。

「冬子と俺が一緒に……」

「それがいちばん。うかうかしていたら、あの高給取りのイケメン先生に冬ちゃんを持っていかれちまうぞ。それだけは何としてでも避けたいからな」

念を押すように島木がいって、冷めたコーヒーをごくりと飲んだ。

盆にざる蕎麦を載せた冬子がやってきた。

「お待ちどおさま、行ちゃん」

手際よくテーブルに並べ、冬子は向かいの席に座りこむ。

薬味とワサビをつゆに入れ、行介は早速蕎麦をたぐる。体が大きいせいか、行介の食べっぷりは豪快だ。

「どう、おいしい？」

冬子が優しく声をかける。

「うまいな。やっぱり辻井の蕎麦は天下一品だ」

「何だったら、もう一枚食べる？　私がご馳走するから」

行介の顔を冬子が覗きこむ。

「一日中、立っているだけでろくに動きもしないから、一枚ぐらいがちょうどいいよ。二枚は俺には贅沢すぎる」

行介は箸をとめた。

「そう。相変らずだね、行ちゃんは。ちっとも変らないね」

「変ったさ、俺は人殺しだから」

押し殺した声でいう。

「そうなんだろうけど、罪の償いはしてるんだから、少しぐらいの贅沢はしてもいいんじゃないかな」

冬子が行介の顔から目をそらした。

「償いは一生かけてやるもんだと、俺は思っている」

最後の蕎麦を口に放りこんで行介がいって黙りこむと、冬子も口を閉じた。

「ねえ」

沈黙を破ったのは冬子だ。

「今日はうちにお昼を食べにきたけど、いつもは自分でつくって食べてるんでしょ」

「ああ、大体は残り物ですましているけどな」

「じゃあ、私が行ってつくってあげようか。ついでに、夕ご飯の仕度も」

嬉しそうに冬子がいった。

「それは、冬子、駄目だよ」

「………」

「そんなことをしたら、近所の連中が何をいい出すかわかったもんじゃない」

慌てて行介はいう。

「人の噂なんか放っておけばいいじゃない。どうせ他人は何をやっても、面白おかしくしかいわないんだから」

声を荒げる冬子に、行介は念を押す。

「そんなわけにはいかない。俺と冬子は恋人同士でも何でもない、ただの幼馴染なんだから。そこまでやると筋が通らなくなる」

冬子がうつむいて唇を噛んだ。行介は言葉が出なかった。

「笹森先生は、相変らずきてるのか」

今度の沈黙は行介が破った。

「週に二回ほどね。お医者さんて忙しいようだから、それ以上は無理みたい」

「週に二回が、しょっちゅう入りびたりか。人の噂って恐ろしいもんだな」

「恐ろしいんじゃなくて、いいかげんなのよ。だから、噂なんか気にしないで放っておけばいいのよ」

ぶつけるように冬子がいった。

「恐ろしいんじゃなくて、いいかげんか。なるほどそうもいえるな」

妙なところで感心していると、戸が開いて新しい客が入ってきた。

「じゃあ、またね」

こそりといって冬子は厨房のほうに戻っていった。


時計を見ると三時少し前。

客はカウンターにいる島木だけだ。

「島木、今日はこれでもう店は閉めるから」

ぶっきらぼうに行介はいう。

「閉めるって、まだ三時にもなってないじゃないか。何か用事でもあるっていうのか」

不満そうな島木に、

「ちょっと行きたいところがあるんだ。だからな」

諭すような口調で行介はいう。

「行きたいところってどこだよ」

「ちょっとな」

「何だよ、俺にはいえないのか」

子供じみた声を島木があげて行介を睨んだ。

「例の笹森先生のところだよ。手術がなければ、これから行っても会ってくれるだろうからな」

「笹森先生に会って、何を話す気だ」

「俺の気持だよ。冬子に対してのな。あそこまでいわれては、ほうっておくわけにもいかんだろ」

「お前の気持って……いったいどんな気持だよ」

ドスの利いた声で島木はいう。

「それはまあ、いろいろだ」

「そうか。それなら俺も一緒に行くことにする。お前も冬ちゃんも、俺にとってはかけがえのない親友だ。それぐらいの権利は俺にもあるはずだからな」

梃子《てこ》でも動かないというような目で島木は行介を見た。

「まあいいけど。別段、お前に聞かれてまずい話でもないからな」

四十分後、行介と島木は笹森の勤める隣町の総合病院の受付にいた。

「先生は四時から会議が入っているそうで、三十分ぐらいなら時間があるそうです。それでもよろしければ地下の喫茶室がまだ開いているので、そこで待っていてほしいということです」

受付の女性の言葉に、それでもいいと行介は答え、地下の喫茶室に島木と一緒に向かう。

笹森がきたのはそれからすぐ。頼んだコーヒーが運ばれてきた直後だった。

「僕もコーヒーを」

と笹森は大声でいい、笑顔を浮べて行介と島木の前に腰をおろした。白衣を着た笹森は一段と立派に見え、貫禄もあった。白衣がよく似合う男だった。

「これはお二人ご一緒に。今日はまた、どんなご用があってこんなところまで」

運ばれてきたコーヒーはそのままに、笹森は笑顔でいう。

「お忙しいところ申しわけありません。実は——」

行介はひとくちすすったコーヒーを皿に戻し、

「先日の冬子の話のつづきなんですが」

単刀直入に口を開く。

「笹森先生は自分の気持を正直に打ちあけてくれました。だから、俺のほうも冬子に対する気持を正直にいっておこうと思いまして」

　笹森が身を乗り出してきた。

「今のところ、俺には冬子と結婚する気持はありません」

　重苦しい声で行介はいった。

「おい、行さん。それは」

　慌てて口を挟む島木に、

「お前は今日は聞き役だ。余計な口は挟まずに黙って聞いていてくれ」

　ぴしゃりと行介はいう。

「ということは、そのことをはっきり宗田さんは冬子さんにいってくれる。つまり、引導をわたしてくれる。そういうことなんでしょうか」

　笹森の目が真直ぐ行介を見ていた。

「いえ、そこまでは。俺のいいたかったのは自分の気持で、その先のことはまったく考えていません。勝手なようですが」

「ということは現状維持――そういうことですか」

「だからといって、先生に、冬子をくどいてくれるなというつもりはありません。現状維持のまま冬子をくどいて、それで冬子が先生を選ぶようなら、それはそれで仕方がないということです。俺は冬子を諦めます」

行介も笹森の目を見ていった。

「さっき……」

笹森の笑顔が消えていた。

「宗田さんは今のところとおっしゃいましたが。それはひょっとしたら、心変りをして、結婚をする気が出てくるかもしれないということですか」

「それは……何ともいえません」

「ずるいですね。ストイックな宗田さんには似合わないずるさです。それでは冬子さんは相変らず、蛇の生殺しになってしまう」

凛とした声を笹森はあげた。

「どういわれようと、俺たちはそれで今までやってきましたから」

「その結果、冬子さんは今いったように蛇の生殺し状態です。それならいっそ、引導をわたしてもらえれば——それでも冬子さんが今まで通りでいいといえば、それこそ万々歳じゃないですか。僕のほうも諦めがつくというものです。違いますか、宗田さん」

笹森のいう通りだった。ここはけじめをつけて、冬子の選択にまかせる——わかってはいたができなかった。行介は心の底から冬子が好きだった。冬子を失うのが怖かった。

「ですから、できれば冬子さんに宗田さんから、はっきりといってほしい。そうすれば、僕と冬子さんが結ばれる可能性はぐんと高くなります。というより、それが人の道のような気がします。どうかお願いいたします」

笹森が頭を下げた。

が、そんなことがいえるはずがなかった。

行介は両の拳を力いっぱい握りしめた。

「ちょっと、笹森先生」

ふいに島木が上ずった声をあげた。

島木の顔色が変っていた。

「それでは約束が」

「確かに約束は違います。でも、これが僕の本音です」

二人はいったい何をいっているのか。

呆気《あっけ》にとられながら行介は二人の顔を交互に見た。

「驚きましたか、宗田さん。実のところをいえばあれは芝居だったんです。僕と島木さんが考えた、宗田さんと冬子さんを騙《だま》すための」

笹森がとんでもないことを口にした。

「芝居――」

ぽつりという行介に、

「すまん。行さんと冬ちゃんの状況を見るに見かねて」

島木が苦しそうな声を出した。

「そういうことなんです。優柔不断な宗田さんに業を煮やした島木さんは、思い余って僕を訪ねてきた。宗田さんの恋敵として僕なら最適だろうと。つまり当て馬です。それなら宗田さんも腹を括《くく》って冬子さんと一緒になるんじゃないかと」

笹森の顔に悲しそうな表情が浮んだ。

「僕はその島木さんの提案に即座に乗りました。先日もいいましたが、僕は冬子さんがこの病院に運ばれてきたときから関心を持っていましたから。でも、宗田さんと冬子さんの様子を見れば好きあっているのは一目瞭然。それで諦めかけていたところへ島木さんの話が舞いこんできたのです。まさに渡りに舟。僕は足繁く冬子さんの店に通いました。もちろん、芝居ではなく本気でです。島木さんには悪いことをしましたが、冬子さんに対する僕の気持は最初から芝居ではなく本気だったんです」

だから先日、笹森が行介の店に訪ねてきたとき、島木はどっちつかずの態度をとったのだ。あれが芝居だと信じて。

「すみません。そろそろ会議の時間です」

笹森は腕時計をちらっと眺め、

「そういうわけで僕は本気で、これからも冬子さんにアタックしつづけます。もちろん、冬子さんと結婚するために」

といって伝票をつかんで立ちあがり、深々と頭を下げ、その場を離れていった。

「すまん、行さん。藪《やぶ》をつついたら蛇が出てしまった。こんなことになるとは、まったくすまない」

泣き出しそうな島木の声を聞きながら、行介は大きな溜息をついた。

これからどうなるのか。

宙を睨みつけるように見た。

ヒーロー行進曲

「ようし、今日はここまで」

大樹《だいき》の大声に教室の騒《ざわ》めきが一瞬小さくなる。

名残惜しそうにゲーム機の画面を睨《にら》んでいる子供、教科書を閉じる子供、マンガ本を閉じている子供もいた――時計の針は夜の八時ちょっとを指している。『未来塾・ゆるゆる』の終了時間である。

部屋に残っている十人ほどの子供たちは、それぞれ帰り支度を始める。無駄口を叩きながらの作業になるので時間はかかるが、そんな様子を微笑みを浮べながら大樹は見ている。すべての子供たちが教室を出るのは、大体九時頃だ。

が、今日は少し様子が違った。

九時少し前になっても、二人の子供が残っていた。共に小学六年の矢野《やの》将太《しようた》と川島《かわしま》愛奈《あいな》だ。帰り支度はすませているものの、教室の隅にぽつんと立っている。どことなく表情が歪《ゆが》んでいる。

「どうした、二人共。早く帰らないと、お母さんに叱られるぞ」

と大樹は声をかけるが、二人が教室に残っている原因はわかっていた。

「もう、そろそろ九時になるぞ」

再び大樹が声をかけると、

「あの、先生」

ひしゃげたような声で将太がいった。

「お母さんが……」

今度は泣き出しそうな声だ。

「わかってる」

大樹は小さくうなずいた。

「塾なら塾らしく、勉強のほうも、もっと厳しく教えろということだろ。先日、将太のお母さんと愛奈のお母さんが一緒にここにきてその件は話していった」

「学校のテストで、いい点を取れるようになれって。先生に、わたしからもそう話せってお母さんからいわれて。それで今日……」

愛奈が低い声でいった。

「そうだな。そう思うのは、お母さんたちの自然な気持なんだろうな」

呟《つぶや》くように大樹がいうと、

「でも、僕たちは――」

将太が叫んだ。

「落ちこぼれだから。そんなこといわれても無理。何とかみんなの後ろについていくだけで精一杯だもん」

愛奈の大きな目が潤んでいる。今にも涙がこぼれ落ちそうだ。

「もし、他の塾のようにここでも本格的に勉強を教えるっていうんなら、僕は」

将太がぎゅっと唇を噛《か》んだ。

「僕は多分、ここにはもうこない。ここだけじゃなく、学校にも行かない。前のように家に引きこもる」

一気にいった。

「私も将太君と同じ。学校なんか行かない。家から一歩も出ない。何にもしない。誰とも話さない」

愛奈の両目から涙が滴り落ちた。

つられたように将太も泣き出した。

「わかった。言い分は、よくわかったから、泣くな。先生だって、この塾を普通の進学塾にはしたくない。お母さんたちには、そこのところを丁寧に説明してわかってもらうようにするから」

噛んで含めるようにいうと、

「本当、先生！」

二人の目が真直ぐ大樹の顔を見た。

「本当さ。先生は嘘はいわない。決してお前たちの悪いようにはしない。約束する。だから、今日はもうこれで帰れ」

「うん」

将太がうってかわって元気な声をあげた。

愛奈もこくんとうなずいた。

「先生、僕はこの、ゆる塾が大好きだから。本当に大好きだからさ」

将太が大声でいい、

「私も」

と愛奈も弾んだ声でつづく。

「先生も、この、ゆる塾が大好きさ」

苦笑しながら大樹は答える。

ゆる塾とは『未来塾・ゆるゆる』を縮めての通り名だった。なかには「ゆるい塾」だからという者もいたが、大樹自身はこの通り名を気にいっていたので、どちらでもよかった。

「じゃあ、僕らも応援するからさ、みんなでこの塾を守り抜こうよ」

将太がいって手をあげると、

「賛成！」

すぐに愛奈も手をあげ、それにつられたように、大樹も右の手を挙手するようにあげた。

それでようやく納得したのか、教室を出ていく二人の後ろ姿を見ながら大樹は大きな溜息をついた。

佐原《さはら》大樹が勤めていた外資系証券会社を辞めて『未来塾・ゆるゆる』を立ち上げたのは二十六歳のとき。商店街の外れにある、廃業した文房具屋の小さなビルの三階を借りての出発だった。

それから三年。預っている子供たちは小学生ばかりで、生徒数は三十人ほど。そのほとんどがいわゆる問題児だった。

何らかの理由で登校拒否をしている子供や、学校で苛《いじ》めにあって自分の殻に閉じこもってしまった子供。人見知りが激しくて、満足に口のきけない子供。学校の授業についてゆけず、取り残されてしまった子供……そんな子供たちを大樹は募集した。

噂《うわさ》は隣町にも広まり、塾はそうした子供たちでいっぱいになった。正直、大樹はこれほど問題を抱えた子供がいたことに驚いた。といってもパニック障害や鬱《うつ》病にまで発展した子供は手に負えるはずもなく、その前段階が大樹の領分だった。

指導方法はいたって簡単で、子供たちに好きなことをやらせる。この一言だった。ゲームをやりたい子にはそれをやらせ、マンガを読みたい子には好きなだけ読ませる。絵を描きたい子には描かせ、何もしようとしない子には話し相手になる。それが大樹の指導方法のすべてだった。むろん、勉強を教えてほしい子供にはそれも実行する。

座右の銘は、根気の二文字。

問題のある子供に焦りは禁物だった。ひたすら時間をかけて、その子の懐《ふところ》に入っていく。それが不可能なら、可能になるまで時間をかけて優しく見守る。ゆるゆると、ゆるゆると……塾の名前の由来だった。

とにかく塾にきてもらい、同じような境遇の子供たちとふれあって、決して自分は一人ではないということを肌で感じてもらう。あとは時間をかけて、丁寧にその子の心を解きほぐしていけば道は拓《ひら》ける。大樹の信念だった。

が、その信念が崩されかけていた。

昨日のことだった。

大樹が塾を開けるのは原則として午後三時。それからなら、子供たちは何時にきてもいいことになっていた。

将太の母親の理佐子《りさこ》と愛奈の母親の幸代《ゆきよ》が、ゆる塾にやってきたのはその三十分ほど前だった。

大樹は理佐子と幸代を三十畳ほどの板敷の教室にあげ、生徒たちが使う小机を出して二人と向かいあった。小机の上には大樹が淹《い》れた茶が湯気を立てている。

簡単な挨拶のあと、理佐子がまず口を開いた。

「先生の指導方針はよくわかった上で、こんな提案をさせてもらうんですが」

真直ぐ大樹の顔を見ていった。大きな目だった。

理佐子は商店街に店を構える、輸入雑貨店の奥さんで、口の達者なことで知られている。

「先生のおかげで将太の登校拒否もなくなり、今では元気に学校に通っております。それはそれで大変感謝はしていますが」

理佐子はいったん言葉を切り、湯呑み茶碗に手を伸ばしてごくりと飲んだ。茶碗の縁にルージュの跡が赤く残った。

将太の登校拒否の原因は苛めだった。理由にもならない、強いていえば勉強があまり得意ではないということで毎日嫌がらせを受け、その結果将太は学校へ行かなくなり、家に引きこもった。

そんな将太に大樹が取った方法は、苛める相手は徹底的に無視しろというものだった。

仲間外れにされようが何をされようが、無視して逃げろ。ここにくれば同じような仲間が沢山いる。決して一人ではないということを毎日優しくいい聞かせた。

その結果、半年ほどで将太は学校に復帰した。苛めは相変らずつづいたが、将太はそれを無視した。ゆる塾にくれば仲間はいる……その気持が将太の心を強くした。

愛奈の場合もほぼ同じだった。

愛奈も勉強はそれほどできず、おまけに心が優しかった。苛めのターゲットとしては最適で、登校拒否はしなかったものの極端に無口になった。それを何とか克服したのは、ゆる塾に入って一年ほどたってからだった。

「このへんで、どうでしょうか。学業主体で指導できる子には、少し身をいれてそっちのほうを見てもらうというのは」

理佐子はまた視線を大樹の顔に合せてきた。

「というのは、具体的にはどういうことなんでしょうか」

迂闊《うかつ》だったが、大樹はここにきても理佐子と幸代の真意がわからなかった。

「うちの愛奈と将太君のことです！」

初めて幸代が口を開いた。疳高《かんだか》くて鋭い声だった。細長の目が大樹を真直ぐ見ている。

幸代は商店街から一本入ったところにあるマンションに住む専業主婦だった。亭主は確か、食品メーカーに勤めるサラリーマンだ。

「将太君と愛奈ちゃんのことと、いいますと……」

そう答えて、大樹はようやく二人がここを訪ねてきた訳がわかった。

「つまり、将太君と愛奈ちゃんの学校の成績を伸ばしてほしい。そういうことですか」

「そうです。将太も愛奈ちゃんも昔と違って――もちろんこれは先生のおかげですが、ちゃんとした生活に戻ってきています。そうなったらやはり――」

理佐子の言葉が終らぬうちに、

「中学はともかく、高校はなるべくいいところに入れたいですし、できるなら大学のほうも」

まくしたてるように幸代がいった。

二人の言うことはわかる。子供の将来を気にかけるのは当然だろう。しかし、将太も愛奈もまだ、他の普通の子供たちと同等ではない。ぎりぎりのところで精神の均衡を保っていることを、大樹は知っていた。

「もちろん、将太や愛奈ちゃんだけではなく、他の子供たちにも、できる場合は同じ指導をすればいいと私は考えています。学力重視の……」

理佐子が身を乗り出してきた。

「そうですよ。ここらで、ゆる塾は方針を変えるべきですよ。ほんの少し劣った子の学力を飛躍的に向上させる塾に。これまで何人もの落ちこぼれの子を引きあげてきた先生の実力があれば、きっと可能なはずです。挑戦してみるべきです。子供も先生を慕《した》っていますし」

教え諭すようないい方を幸代はした。

しかし、そんな挑戦は無謀すぎた。おそらく、ほとんどの子供が元の状態に逆戻りしてしまうだろう。

それに、理佐子や幸代の求める方向は大樹の趣旨に反することになる。大樹の思いは、あくまでも落ちこぼれてしまった子供たちを何とか平均にまで連れ戻すことだった。ゆる塾は、偏差値の高い学校に入学させるための場所ではないのだ。

「どうでしょうか、先生」

大樹の顔を理佐子と幸代が凝視していた。

「それはまだ、時期尚早のように……」

掠《かす》れた声でいうと、

「時期尚早とは、うちの将太や愛奈ちゃんはその域に達していない。そういいたいんですか、先生は」

理佐子の言葉に険がまじった。

「まあ、その、正直に申しまして、そういうことなのですが」

途切れ途切れに答えると、

「そんなことないですよ、先生。将太君も同じだと思いますが、うちの愛奈は以前に較べると本当にいい子になりましたよ。ワンランク上の指導をしたとしても、何の問題もないと思いますよ。親の私がいうんですから間違いないですよ」

自信をこめて幸代はいうが、親の目ほど当てにならないものはないことを大樹は身にしみて知っている。

「そうはいいましても、僕から見ますと二人はまだ」

「ですから、親の目から見てと、幸代さんもいってるじゃないですか。先生が子供たちと接する濃度と私たち親が接する濃度は違うんです。その親が大丈夫だといってるんだから、これほど確かな証はありませんよ」

怒鳴るような声を理佐子はあげた。目が据《すわ》ってきているのがわかった。悪い兆候だったが、これればかりはどうしようもない。

「まあ、この件はもう少し様子を見てからということでどうでしょう。何でもそうですが、じっくり考えてみるというのはいいことですから」

微笑みながら大樹は力強くいう。

この言葉で終りにしたかった。

「そんなわけにはいきませんよ。子供たちはすぐ大きくなってしまいます。私たち大人と違って時間がないんです。時間が惜しいんです。鉄は熱いうちに打ての諺《ことわざ》通り、なるべく早く進めないと」

理佐子が反論した。

「しかし、そうはいいましても」

困惑する大樹に、

「とにかく――」

と、幸代が大声をあげた。

「私たちはもうきめているんです。先生が何をどう仰ろうと、将太君やうちの愛奈にちゃんとした学習指導をしてもらうことに。そのつもりできてるんです」

「きめてるって、そんなことは」

大樹の胸が嫌な音を立てた。

「じゃあ、そういうことでいいですね」

理佐子が駄目押しの一言をいった。

「それは、困ります」

「困ると仰られても、私たちも困ってしまいますから――じゃあ、三日間、いえ四日後の日曜日まで待ちますから、その間に先生の考えを固めてください。もちろん、拒否することは許されません。心の準備期間だと思ってください。もし、先生がこの提案を拒否するなら」

睨みつけるような目を理佐子はした。

「保護者会を結成して、先生のわがままを徹底的に糾弾しますから」

いうなり立ちあがって、

「じゃあ、日曜日の今日と同じ時間に」

はっきりした口調でいい、二人はさっと背中を向けた。

その背中を見送りながら、大樹の頭のなかで音が鳴っていた。子供のころから、こうした理不尽な場面に遭遇すると、必ず鳴り出す音楽だった。

チャッチャッチャッチャッチャチャチャ……。

チャチャチャチャッチャッチャチャチャ……。

音楽は頭のなかで鳴り響き、大樹は固く唇を引き結んだ。


将太と愛奈が帰ったあと、大樹はふらりと表に出た。

暗かった。夜が遅いということもあるだろうが、それだけではないような気がした。活気がなかった。商店街は薄明りのなかに溶けこむように沈んでいた。

大樹はゆっくりと歩き始める。

『珈琲屋』に行ってみるつもりだった。

人を殺した男――いや、ある意味、この商店街を救ったヒーローの顔がむしょうに見たかった。今まで行くことを意識的に避けていたのは、自分が勝手に思い抱いていた、ヒーロー像が壊れるのが怖かったからだ。だが今日は顔が見たかった。話がしたかった。

理佐子と幸代は三日後に、くるはずだった。

あるいはもう閉店なのかもと思って店の前に立ったが、まだやっているようだった。扉を押すと小さな鈴が鳴り、カウンターのなかから、

「いらっしゃい」

無愛想な男の声が聞こえた。

「そろそろ閉店ですか」

おずおずと声をかけると、

「まだいいですよ。お好きな席にどうぞ」

カウンターの前に座るつもりだったが、そこには先客が一人いた。あれは確か、この商店街で『アルル』という名の洋品店をやっている島木という男だ。大樹は島木の隣の丸椅子にそっと腰をおろす。

「何にします」

無愛想な声だった。無愛想だが、妙に温かみのある声にも聞こえた。

「ブレンド、お願いします」

そう答える大樹の声にかぶせるように、

「あんた、商店街の外れにある文房具屋のビルで塾をやっている……」

隣の島木がいった。

「はい、佐原大樹です。この商店街にはお世話になっています」

大樹は立ちあがって内ポケットから名刺を二枚出して一枚を島木に渡し、もう一枚をカウンターに置いて腰をおろす。

「これは、ご丁寧に」

「私はすぐそこでアルルという洋品店をやっている島木というものです」

島木もポケットから名刺を出す。

「商店街には世話になっているということは、先生はここの出身ではないということですか」

なかなか細かいことに気がつく男である。

「僕はここから五つ手前の町で生まれ育ちました。だから、同じ沿線でも余所者《よそもの》といったほうがいい存在です」

声を落としていう大樹に、

「でも、まあ、近所には違いないですから」

島木は顔中に笑みを浮べた。そのとき、

「熱いですから」

という声と共に、カップに載せられたコーヒーが大樹の前に置かれた。カウンターの上の大樹の名刺は消えていた。

「確か、先生の塾では問題のある子だけを受け入れていると聞きましたが」

興味深そうな表情を島木は浮べた。

「はい」

と大樹は答え、自分の塾のあらましを島木に話して聞かせる。むろん、カウンターの向こうの行介にもだ。

「二十六で塾を立ちあげたということは、失礼ですが、その前は」

つづけて訊いてくる島木に、

「それまでは、証券会社で営業をやっていました」

大樹は誰もが知っている、大手証券会社の名前を低い声でいった。

「おう、それはすごい――すると、大学のほうも」

感嘆する島木に、これも有名私立大学の名前を告げる。

「エリートコースじゃないですか。そのコースをすてて、落ちこぼれを相手にした塾を開こうとした存念を、ぜひ聞きたいものです。いや、その前に珈琲屋特製のブレンドコーヒーを、まず味わってから。せっかくの逸品が冷めてしまいます」

島木の言葉に従って、大樹はコーヒーカップに手を伸ばし、ゆっくりと口に運んでそっと飲んだ。芳潤だった。喉の奥に心地よさがすとんと落ちた。

「おいしいですね」

「それは、どうも」

行介がぶっきらぼうにいった。

しばらくコーヒーを飲むことに専念した。

「じゃあ、そろそろ、話のつづきを」

頃合いを見計らったように島木がいった。

「頭のなかに、音が流れたんですよ」

ぽつりと大樹はいった。

「音?」

呆気《あっけ》にとられた表情を島木が浮べた。

「正確にいうと音楽です。そいつが頭のなかに響きわたって僕は会社を辞めることにしたんです」

恥ずかしそうに大樹はいった。

「音楽が頭に流れてですか」

低い声で行介がいった。

こちらも怪訝《けげん》そうな表情を浮べている。

「あっ、僕は別に頭がおかしい人間でも何でもないですから。事実をありのままにいってるだけで」

大樹は慌てて顔の前で両手を振り、

「チャッチャヤッチャヤ。チャチャチャチャッチャッチャチャチャ……」

とメロディを口ずさんだ。

「どこかで聴いたことがあるな」

行介のくぐもった声にかぶせるように、

「わかった。『ドラゴンボール』だ。世界にちらばった七つの珠を集めると願いが叶うという、アニメの……確か、主人公は西遊記と同じで、孫悟空という名前じゃなかったかな。よくは知らないが」

島木の勝ち誇ったような声が響いた。

「そうです、その、ドラゴンボールです。島木さんたちのころは別のヒーロー物だったんでしょうけど、僕らの年代の者はみんなドラゴンボールに夢中になったもんです」

しみじみと大樹はいった。

「その、ドラゴンボールのテーマソングが、頭のなかに流れてくるというんですか、佐原さんは」

「ひじょうに子供っぽい話で申しわけないんですが、その通りなんです。それも切羽つまったときとか、理不尽な場面に遭遇したときには必ずといっていいほど」

「それはまた、どうしてなんでしょうね」

島木が素頓狂《すっとんきょう》な声をあげる。

「僕は平凡なサラリーマン家庭で育ちましたが、その親が僕につけたのが大樹という大《おお》仰《ぎょう》な名前でした。でも、見ての通り、僕の体は小柄で貧弱すぎるほどのものです。ですから、余計にヒーローに憧れを抱いたのかもしれません」

言葉通り、大樹の背丈は百六十センチぐらいで、体重のほうも五十キロを少し越えるほどだった。

「そんな小さな体と大樹という大袈裟な名前のためか、僕はずっと苛められっ子でした。そして、苛めっ子が僕の前に立ったときや、誰かが苛められているのを目にすると、きまってその音楽が流れ出すのです」

頭のなかに流れる歌は応援歌であり、敵に向かって戦いを挑む突撃歌でもあった。その応援歌のおかげで大樹は苛めを受けても耐えることができた。ヒーローはいざというときまで耐えに耐えるものと、しっかり自分にいい聞かせて。

「でも、突撃歌にはなり得ませんでした。誰かが苛められたり、殴られたりしているところを見ても僕の体は竦《すく》んでしまうだけで、その誰かを助けることができませんでした。それが悔しくて情けなくて……といってもこの小さな体では何ともできません」

そこで考えたのが、体が駄目なら頭で勝負しようということだった。それを武器にしようと猛勉強の末、一流高校から一流大学に進み、そして一流企業に大樹は就職した。武器を手に入れたつもりだった。

「結局、駄目でした。一流企業に入ってもヒーローにはなれませんでした。そこで待っていたのは、毎日神経を尖らせて死ぬほどの思いで数々の情報を収集し、会社に利益をもたらすことのみ。時には法律すれすれのことまでやって……でもそんなことは最初からわかっていたことで、そこに無理やり自分の夢を押しつけた僕が、あまりにも子供っぽかったんです」

大樹は肩を落として、

「すみません。長々と、つまらない話をしてしまって」

軽く頭を下げた。

「いや、興味深い話でした。それで佐原さんは例の歌が頭に鳴り響いて会社を辞めた。そういうことなんですね」

大きくうなずいて島木がいった。

「こんなことをやっていてもいいんだろうか、これが自分の追い求めていたものだったんだろうかという疑念が湧いてきて」

大樹はぷつりと言葉を切ってから、

「そういってしまうと格好いいんですが、本音の部分は、あのハードな仕事についていけなかった。つまり逃げ出した。それだけのことかもしれません」

「とてもそれだけのこととは——その証拠に佐原さんは今、落ちこぼれの子供たちを対象にした塾を開いている。なかなか並の人間にできることじゃないと思いますよ。収入だって証券会社に勤めていたときに較べて激減したでしょうに」

慰めるような島木の言葉に、

「それだって、単に子供が好きだったというだけかもしれませんし、僕の軟弱さが理由かもしれません」

大樹は呟くような声を出してから、

「でも、やりがいはあります」

きっぱりといった。そして、塾の方針や子供たちの様子などをあれこれと島木と行介に語った。

「ほう、ゆるゆると時間をかけて見守るから、ゆる塾ですか。いいですな、実にいい」

聞き終えた島木は感嘆の声をあげ、

「座右の銘が根気の二字というのもいいですなあ」

何度もうなずきながらいった。

「ありがとうございます。でも今、ゆる塾は切羽つまった状態になっていて」

と理佐子と幸代の件を口にした。

喋りすぎかもしれないとは思ったが、自然に言葉が口からほとばしり出た。誰かに現状を聞いてもらいたかった。弱気になっている証拠だとも思った。

「それは、子供に対する親の欲ですか」

島木が宙を睨む。

「そうだろうと思います。でも多少の欲ならいいんですが、それ以上の欲を貫き通すと子供たちが駄目になってしまいます。そこのところをどう対応したらいいのか」

大樹の声は段々細くなる。

「いろんな欲がありますが、子供に対する親の欲というのはきりがないですからね。まあ、親心というのはそんなものなんでしょうが、それにしても、困ったことですな」

腕をくんで答える島木に、

「子供の身になって考えてやれば、答えは簡単に出るはずなんでしょうけど。なかなか、そうはいかないようで」

大樹は溜息をつく。

「親自身の欲であっても、すべては子供のためという大義名分がそれをすっぽりと押し包んでいるだろうからね。だから、なかなか親はそれに気がつかない」

唸り声をあげる島木から視線を外し、

「マスターは、いえ、宗田さんはこれをどう思いますか」

大樹は行介に向かって言葉をぶつけた。

「俺のことを知ってるんですか」

行介の顔にとまどいの表情が浮ぶのがわかった。

「宗田さんは有名人ですから」

大樹ははっきりした声でいった。

「有名人か」

行介は独り言のように呟いてから、

「俺にはそういう難しいことは、よくわからないなあ——それより、コーヒー、もう一杯どうですか」

妙に明るい声を出した。

カップに目をやると、いつのまに飲んだのかコーヒーはなくなっている。

「いただきます」

大樹は軽く頭を下げた。

行介の右手が動いてアルコールランプに火をつけ、サイフォンをセットする。筋くれ立った大きな手だった。人を殺した男の手だった。いや、ヒーローの手だ。正真正銘、ヒーローの手だった。

「お母さん方は、三日後にくるっていってましたよね。それに対して決定打とはいえないまでも、先生には何か手があるんですか」

島木が心配そうな口振りでいった。

「いえ、何も。いきり立った保護者に対する手などは到底」

「一種のモンスターペアレントですからな。増えましたね、その手の類いが。そうですか、学校だけでなく、塾にまで押しかけてきますか」

島木はしみじみといってから、

「それで先生はここにきた。誰かに自分の気持を聞いてもらいたくって。あるいは自分の考えをまとめてみようと思って。そういう意味なら、この薄暗くて古い喫茶店は最適の場所ですからな」

とうなずいた。

「いえ、それだけじゃありません。僕は」

大樹は一瞬、言葉を飲みこみ、

「僕は、ヒーローに会いに、ここへきたんです」

よく通る声でいって、行介の顔を見た。

壁にかかった丸型の掛け時計を見ると、三時少し前だった。そろそろ学校帰りの子供たちが姿を見せるころだ。

そんなことを考えていると、ドアが開いて将太と愛奈が飛びこんできた。二人共、肩で大きく息をしている。どうやら、学校から走ってきたらしい。

「何だ、やけに威勢がいいな」

わざとおどけたようにいうと、

「何をのんきなことをいってるんだよ。お母さんたち、明後日のお昼前にここにくるんでしょ」

ランドセルを背負ったまま将太がいった。

「それはまあ、そうなんだが」

「もう、二日しかないいんだよ。お母さんたちを納得させる、いい方法は考えついたの？大丈夫なの、先生」

「それは……」

いい考えは何もなかった。

見下したようにものをいうモンスターペアレントに対抗する策など、そう簡単に見つかるはずがなかった。

「何にもないの、先生？」

ぽつりと愛奈がいった。

どことなく両目が潤んでいるようにも見える。

「今のところはだ——まだ時間はあるから、明後日までにはきっと」

大樹は声を絞り出した。

「見つかるの、本当に見つかるの？　何かを見つけないと、私たちばらばらになっちゃうかもしれないんだよ。せっかくこんなに楽しい塾なのに」

湿った声を愛奈が出した。

「相手が手強いことは——」

将太が甲高い声をあげた。

「僕たちがいちばんよく知ってる。だから——」

ちらりと隣の愛奈の顔を見た。

「僕たちも考えよ。なっ、愛奈。先生だけだと、ちょっと心配だから」

「うん」

と愛奈がいったところで、数人の子供たちがドアを開けて部屋に入ってきた。

将太と愛奈は部屋の隅に行き、ランドセルを下ろして仲よく座りこむ。何やら相談を始めたようで、二人共、真剣な表情だ。頼もしいといえばそうだが、二人にだけ任せておくわけにはいかない。何しろ、相手はモンスターなのだ。

大樹の頭のなかで音楽が鳴り始めた。

あの歌だ、突撃歌だ。何としてでもこの塾を死守しろという。そうしなければ、せっかく居心地のいい場所を見つけた子供たちの行くところがなくなってしまう。また引きこもりに戻ってしまう。

音楽は頭のなかで軽快に流れている。

チャッチャッチャッチャッチャチャチャ……。

チャチャチャチャッチャッチャッチャチャチャ……。

音楽にまじって、昨日珈琲屋を訪れた際の行介とのやりとりが脳裏に浮んだ。

「僕は、ヒーローに会いに、ここへきたんです」

と口にした大樹の顔を行介がじっと見つめた。その目は、驚いたようにも見えたし、悲しそうにも見えた。

「俺は……」

嗄《しわが》れた声を行介が出した。

「俺はヒーローなんかじゃない。ただの人殺しだ」

ゆっくりとした口調でいった。

「そうかもしれませんが、この商店街を宗田さんが救ったことは確かです。だから、ヒーローには違いありません」

大樹もきっぱりといった。

「あのとき、この商店街を救おうなどという気持は俺にはなかった。あったのは、あの娘を酷《ひど》い目にあわせて自殺に追いこんだ男に対する、憎しみと怒りだけだった」

行介の目はまだ大樹の顔をとらえている。

「何がどうであろうと、宗田さんが結果的にこの商店街を救ったのは確かなことなんですから。やはり、正義の味方には違いないと思いますよ」

なおもいいつのる大樹に、

「そんな簡単な言葉で、人を……」

ざらついた声で行介はいい、それっきり口を閉ざした。

「先生――」

と隣の島木がいった。

「その件はもう、いいじゃないですか。行介のことは別として、先生が正義感の強い人間だということはよくわかりましたし。そんなことより目前に迫った、モンスターペアレントの問題です。その二人を何とかしないと、ゆる塾の存在自体が危うくなるんですから、何か考えて手を打たなければ」

肩を軽く叩かれた。

行介の過去にはそれ以上触れるな――そんな思いをこめた、島木の意思表示のような行為だった。

「そうですね。それが先決ですね」

大樹は素直にいうが、行介をヒーローだと思っている気持に変りはなかった。

五時近くになり、子供たちは二十人近くになろうとしていた。けっこう喧《やかま》しいが、何をやろうが自由だというのがゆる塾の方針なので、それはそれで仕方がない。

「先生っ」

小学四年の男児とテレビゲームをやっていた大樹の前に、将太が立っていた。

「おう、どうした。何かあったのか」

何気なく口を開くと、

「やだなあ――さっきの件だよ。僕たちのお母さんの」

口を尖らせて将太がいった。

「そうだった。ゲームに夢中になってすっかり忘れていた」

何かに夢中になると周りのことを忘れてしまうのは、大樹の癖のようなものだ。

「名案が浮んだんだ」

顔を輝かせて将太はいい、大樹の上衣の袖を引っぱって部屋の隅にいる愛奈のところまで連れていった。

「名案って、どんなものだ。早く教えてくれ。本当に名案なのか」

勢いこんでいう大樹に、

「この塾に、将太君と私と先生の三人で立てこもればいい。明日から」

とんでもないことを愛奈がいった。

「立てこもるって、あの立てこもりか。テレビのニュースなんかでよくやる、外国の大使館に人質をとって立てこもるっていうような、その立てこもりか」

呆気にとられて大樹はいう。

「その立てこもりだよ。お母さんたちが無理なことはいわないと約束するまで、みんなでここに立てこもって守り抜くんだ。そうすれば、明後日くるという約束も何もなくなるだろうし」

将太の頰《ほお》はどことなく紅潮している。

「しかし、そんなことは、いくら何でも、やりすぎなんじゃないか。人質ハイジャック事件のようで」

しどろもどろに大樹がいうと、

「僕たちは人質じゃないから。僕たちは先生の仲間だから——だから、そんなに悪いことじゃないような気がするけどね」

嚙んで含めるように将太がいう。小学六年生とは思えない口振りだ。

「それはそうなんだが。しかし、何といっても立てこもりだからなあ」

「じゃあ、他に何かいい方法があるっていうの、先生は」

睨むような目で愛奈が大樹を見た。

「今のところ、まだない」

「明後日までに何か名案が出るっていうの？」

たたみかけるように愛奈はいう。

「それは何ともいえないけど、しかし、なあ……」

躊躇《ちゅうちょ》の言葉を出す大樹に、

「このままでいくと僕たちはまた、引きこもりだよ。先生は僕たちを見すてるの？」

将太が極めつけの一言をいった。

「そんなことはないさ！」

大樹の口から大声が飛び出した。

「じゃあ、やろうよ。悪いのはお母さんたちで、僕たちじゃないんだから。僕たちのほうが正義なんだから」

大樹の胸を正義という言葉が打った。

頭のなかに、あの音楽が流れ出した。

ここで躊躇すれば、正義の味方になりそこねる。いつものように逃げることになる。

ここで躊躇《ためら》ったら、また負け犬になる。

頭のなかの音楽が一段と高く鳴り響いた。

「よし、やろう」

自然に言葉が飛び出した。

体中が熱く昂揚《こうよう》していた。


その夜、大樹は珈琲屋を訪れた。

夜遅いせいなのか店内の客は昨日と同様、カウンターに島木が一人いるだけだった。

隣に座ってブレンドを頼む。

「何だか今日は嬉しそうですね、先生」

行介のほうから声をかけてきた。

「例の、モンスターペアレントにどう対抗するか、それが固まりましたから」

やや、胸を張りぎみにして答えると、

「ほうっ」

島木が体の向きを変えてきた。

「ぜひ聞かせていただきたいですな、その対抗策というやつを」

「実は、教室で立てこもりをしようと考えています」

「立てこもりというと、あの立てこもりですか」

「はい、島木さんが考えている通りの、その立てこもりです」

「面白いっ」

反対されるかと思ったら、島木がぽんと膝を叩いて賛成の言葉を出した。

「いや、痛快ですな。近頃のモンスターペアレントの横暴さは、目に余るものがありますからな。たまにはやはり、目に物見せてやらないと。さすがに熱血先生は考えることが違います。頭の下がる思いです」

といって、島木は本当に頭を下げた。

「いえ、考えたのは僕ではなく、子供たちなんです。塾に乗りこんできた当の母親たちの子供で、将太と愛奈という……」

と、立てこもりのきまったいきさつを大樹は詳しく話す。

「ほうっ、その母親たちの子供で、落ちこぼれだった生徒がそんなことを！」

感嘆の声をあげる島木に、

「そうなんです。あの無気力そのもので引きこもりだった子供たちが、自分から立ちあがってくれたんです。僕はそれが嬉しくて、嬉しくて」

本音だった。落ちこぼれで、自分から進んで何かをやろうという気持などは皆無だった二人が、率先して動いたのだ。嬉しくないはずがなかった。

「すべて先生の日頃の教育です、人徳です。いやあ、いい話です。どんどんやるべきです。こうなったら、保護者たちに真の教育というものを教えるためにも、半月でもひと月でも立てこもるべきです」

気勢をあげる島木に、

「煽《あお》りすぎだ、島木」

カウンターの向こうから声が飛んだ。

視線を移すと、目の前に置かれたコーヒーカップが湯気をあげていた。

「宗田さんは、この立てこもりに反対なんですか」

「押しかけてきた親御さんに対する特効薬がないので何ともいえないが、あまり行きすぎると、とんでもない結果になる」

抑揚《よくよう》のない声で行介がいった。

意外だった。島木は反対しても行介だけは賛成してくれるものと思いこんでいた。とたんに頭のなかで、あの音楽が鳴り出した。

「とんでもないことって?」

「相手がすぐに折れればいいが、そうでない場合は警察の介入ということも考えられる。そうなれば先生の塾はめちゃくちゃになる。新聞や週刊誌は面白おかしく書き立てるだろうし、とてもこれまで通りに塾がつづけられるとは思えない」

「望むところです。それで教育の世界に一石が投じられるなら、僕は喜んで警察にでも刑務所にでも行くつもりです」

大樹の言葉に、行介の表情がわずかに曇るのがわかった。そうだ、この人は現実に刑務所に入っていた人間なのだ。人を殺して……そう気がついたが今更どうしようもない。

「塾がつづかなければ、子供たちがばらばらになってしまう」

ぼそりと行介がいった。

「つづけます。この町が無理なら、どこかで必ずつづけます。どこかで」

「どこかでつづけることは可能だろうが、そうなると、これまで塾に通っていた子供たちは……」

「それは――」

大樹は絶句した。

「かといって、いくら話をしてもわかってくれない人間がいるのも確かだろうし、俺には立てこもりの代りになる案もない。だから、大きな口は叩けないのだが」

溜息をもらすように行介がいった。

「まあまあ」

と隣の島木が柔らかな声をあげた。

「何事もほどほどに。そういうことでいいじゃないか。ほら先生、せっかくのコーヒーが冷めてしまう。早く飲んだほうがいい」

島木の言葉に救われたように大樹はカップに手を伸ばし、そっと口に運ぶ。少し冷めていた。苦い味だった。

頭のなかでは、まだあの音楽が鳴っていた。

いずれにしても、もう決まったことなのだ。将太と愛奈を裏切って、立てこもりを取りやめることはできない。決行は明日の土曜日の夜から。土、日の二日間立てこもれば何とかなるはずだ、多分……。

大樹はごくりとコーヒーを飲みこんだ。

今度は素気《そっけ》ない味に感じられた。

翌日の夜の九時半過ぎ――。

がらんとした教室に残っているのは、大樹と将太と愛奈の三人だけ。出入口の扉には内側から鍵をかけ、さらにありったけの机や椅子を扉の前につんでバリケード代りにしてある。これなら鍵を破ったとしても簡単には入ってこられないはずだ。

「とうとうだね、先生」

疳高い声で将太がいった。

「そうだな、とうとうだな。とにかく、この二日間、三人で頑張ろう」

うなずきながら大樹がいうと、

「でも二日間で、お母さんたちが意見を変えなかったらどうしよう。何たって手強い相手なんだから」

将太が両手を腰にあてていった。

「そのときは……」

大樹は言葉を濁す。

「だから、二日間じゃなくて、お母さんたちが私たちに降伏するまで。私はそうなるまで十日でも十五日でも立てこもるつもりだから」

物騒なことを愛奈がいった。

「それはさすがに、ちょっと長すぎるんじゃないか」

「駄目だよ、先生。そんな弱気なことでどうするのさ。勝つまではつづけなくちゃ。僕は愛奈の意見に大賛成だよ。ここにはトイレだって炊事場だって寝るところだってあるし。どれだけだって立てこもれるよ」

叫ぶようにいう将太の指摘通り、教室の隣には四畳半ほどの大樹の寝所《ねどこ》があり、炊事場にはガスも水道もきていて普通の生活ができるようになっていた。

「それに」

と、将太が声を落とした。

「先生は知らないだろうけど、この教室には抜け穴があるんだ。僕たちは秘密の猫道って呼んでるんだけどね」

妙なことをいい出した。

「秘密の猫道……何のことだ、それは」

呆気にとられて訊き返すと、

「トイレの窓だよ。あの下がちょうど隣の空き家の物干し台になっているんだ。だから、あそこからぶら下がれば、その物干し台に簡単におりることができるんだ。戻るときは樋《とい》の継目に足をかければ、これも簡単にトイレのなかに入ることができるしね」

胸を張って将太は答えた。

「えっ、そんなことになってるの。私、全然知らなかったけど」

愛奈が驚きの声をあげた。

「一部の男子だけの秘密。女子には出入りは無理だから。スカートをはいてるから、あそこから出ようとすると……」

「やらしい！」

愛奈が大声をあげた。

「そんなことをやってたのか、お前たちは。そんな危ないことを」

子供というのはどこででも、こういった類いの冒険をしたがる……そう思いつつも呆れ声を大樹はあげる。

「危なくないよ。何たってすぐ下が物干し台だから、落ちたってちょっと痛いぐらいのものだし」

「すぐ下がなあ……しかし、それがなんで秘密の猫道なんだ」

「物干し台が猫のたまり場なんだ。だから、道というのは変なんだけど、いちおう猫の集まる場所だから。時々、先生の冷蔵庫から餌《えさ》になるような物をあげてるのも確かだけどね」

それでわかった。冷蔵庫のハムや干物などがなくなる理由が。大樹は小さな唸り声をあげながら、

「しかし、その秘密の猫道が今回の立てこもりに、どう関わってくるというんだ」

怪訝な調子で訊いた。

「情報収集だよ。状況がわからないとき、僕があそこから出て生の情報を仕入れてこようと思ってさ。もちろん、マスクをして帽子をかぶってさ」

大人びた口調でいう将太は、完全に少年探偵団気取りである。

「そんなことしなくても、ここには電話があるから」

大樹は制するようにいう。

「おそらく、あと一時間もしないうちに将太と愛奈のお母さんから電話が入るはずだ。うちの子が帰らないけどという——そこからが本当の立てこもりの開始だな」

将太の母親の理佐子から電話が入ったのは、それから四十分ほどあと。十時を少し回ったころだった。

「先生。うちの子が戻らないんですが」

心配そうな口振りの理佐子に、

「ご心配なく。将太君も、それから愛奈ちゃんもここにいますから」

やや上ずった声で大樹はいう。

「まだ、そちらにいるんですか。で、いつごろ帰ってくるんですか」

安心した口振りのなかに怒りのようなものがまじっているのがわかった。

「将太君も愛奈ちゃんも、当分家のほうには帰りません」

はっきりと大樹はいった。

胸の鼓動が速くなる。

いよいよ戦闘開始なのだ。

頭のなかであの音楽が鳴り出した。

これからヒーローになるのだ。

「えっ、それはどういうことですか。何を訳のわからないことをいってるんですか」

理佐子の声が裏返って高くなった。

「ですから」

と大樹がいいかけたところへ傍らの将太から手が伸びた。電話を代ってほしいという仕草だった。受話器を渡すと、

「僕たちは家には帰らない。お母さんたちが先生に出した、あの要求を引っこめない限り、ずっとここにいる。僕たちは今のままの、ゆる塾が好きだから。そういうことだから」

将太はそれだけいって、受話器を大樹に返した。

「将太君のいった通りです。お母さんたちがあの要求を撤回しない限り、僕たちはここで立てこもりをつづけます」

喉に引っかかった声でいった。

「立てこもり！」

理佐子の悲鳴のような声が聞こえ、電話はいきなりぷつんと切れた。どうやら周りの人間と対策を練ろうと考えたようだ。

電話がかかってきたのは三十分後、今度は愛奈の母親の幸代だった。

「お話は理佐子さんから伺いました。どうか好きになさってください。こちらは一向にかまいませんので。ただし、あの要求を撤回するつもりはありません」

ゆっくりとした口調で幸代はいい、愛奈に代ってくれと大樹にいった。

「愛奈、莫迦《ばか》なことをやってないで、さっさと家に帰ってきなさい、まったく」

愛奈の持つ受話器を通して、こんな声が小さく聞こえてきた。

「莫迦なことじゃない。莫迦なことをいってるのはお母さんたち。私たちはお母さんたちがあの要求を取り下げるまで、断固として闘うつもりだから！」

怒鳴るような愛奈の声に、

「そうなの。じゃあ好きにしなさい、お母さんたちは知らないから。それから――」

受話器の向こうで幸代が何かいって、電話は切れた。

「お母さんたち、特に慌ててないみたい。好きにしなさいっていって切っちゃった。それから、明日はもう行かないからって」

受話器を戻しながらいう愛奈に、

「慌てているけど隠しているだけ。みんなで話し合ってそういう作戦を立てたんだ。そうすれば将太や愛奈が心細くなって、こんなことはやめるだろうからと」

大樹は諭すようにいう。

「何だ、そういうことか。じゃあ、これからは根くらべってところだね。だけど私たちは引きこもりには慣れてるから、どれだけだって引きこもれる」

愛奈が穿《うが》ったいい方をした。

「そうだよ、ここにくるまでは、ずっと朝から晩まで部屋のなかに引きこもっていたんだから。それがようやく直って……」

将太の声に湿りけがまじった。

「将太君、ゲームでもしようか。時間はたっぷりあるから」

愛奈が助け舟を出すようにいった。

そのあと電話は一度もかかってこなかった。


朝起きてみると、隣に将太の姿はあったが愛奈はいなかった。

腕時計を見ると七時半。炊事場のほうで何やら音がするので行ってみると、ガスコンロの前に愛奈が立っていた。

「愛奈、何をしてるんだ」

眼をこすりながら声をかけると、

「朝ごはん。作っているのは味噌汁と目玉焼。ちゃんと食べないと、闘うことができなくなるから」

理路整然とした答えが返ってきた。

「味噌汁と目玉焼って――そんなものを作ることができるのか、愛奈は」

驚いた口調でいうと、

「家庭科で習ったから、これぐらいはね。今日もひょっとしたら無視されて電話はないかもしれないし。お腹を空かしてぼうっとしてるのは辛いからね」

大人びた顔をしていった。

「それはまあ、そうなんだが」

という大樹の言葉にかぶせるように、

「すごいなあ、愛奈は！」

いつのまに起きたのか、後ろから将太の感嘆の声が聞こえた。

愛奈のいうように、その日は夜になっても電話は鳴らなかった。どうやら向こうは神経戦に持ちこむ腹のようだ。

「本当に忘れられたのかなあ」

大樹の作ったインスタントラーメンを食べながら細い声で将太がいう。

「忘れられるわけがないじゃない。そういう作戦なのよ。大人はずるいから、こういうことをやるのよ」

これも、ラーメンを頬張りながら愛奈がいう。

「作戦っていっても、こういうの、いやだなあ。もっと大騒ぎして、ばんばん扉を叩いたりするもんだと思ってたのになあ」

情けない声を将太が出す。

「ばんばん扉を叩くのは、多分明日か明後日だと思う。こっちがその前に騒ぎ立てれば別だけどな。要するに、どちらの辛抱強さが勝つかということだな」

大樹も、ややうんざりした調子でいう。

「じゃあ、ほっとこ。何たって私たちは引きこもりの天才なんだから。そんなことで向こうに負けるはずないもん。三月《みつき》や半年ぐらい、へっちゃらだから」

何でもないことのようにいう愛奈を横目で見ながら、子供ながらも女は凄いと大樹はふと思う。

大樹がいったように、電話が鳴り出したのは立てこもり三日目の月曜の昼だった。

受話器を取ると、

「いいかげんにしてください、先生。今日はもう月曜で学校のある日ですよ。そろそろ大人げないまねはやめたらどうですか！」

電話の向こうで大声をあげているのは理佐子である。とうとう辛抱できなくなって騒ぎ始めたようだ。

「ですから、お母さんたちがあの要求を引っこめてくれれば、すぐにやめるといってるでしょう」

こうなったら闘うしかないのだ。

「だから、あれは引っこめられないといってるでしょうが。何度同じことをいわせるんですか、あなたは」

大樹への呼び方が、先生からあなたに変った。

「じゃあ、こちらもやめるつもりはありません。一カ月でも二カ月でもここに三人で立てこもります」

「何を莫迦《ばか》なことを——あなたみたいな講師に子供をまかせたのが、間違いの元でした。すみやかに子供たちを解放しなさい。すぐに」

完全に怒鳴り声になっている。

「解放って。将太君も愛奈ちゃんも人質じゃないんですから。二人共、自分の意志でこの闘いに参加したんです」

大樹が怒鳴り返す。

「いいえ、あなたは犯罪者です。子供二人を誘拐して、教室に立てこもっている極悪人です。このままでは決してすませません。あなたはこの町から追放です。塾の講師をやる資格なんかありません」

何だか話が妙な方向にそれてきた。

「そうですよ、このままの状態がつづくようなら警察に通報して、あなたを逮捕してもらいますからね」

声が変った。幸代に電話が代ったのだ。すると電話の後ろから、

「奥さん、早まらないで。できる限り穏便に。警察は最後の手段ということで。大事《おおごと》に

なるだけだから」

そんな声が聞こえてきた。

どうやら保護者たちの何人かが、理佐子と幸代の周りに集まってきているようだ。

「佐原先生、聞いてますか。私はそこに通わせてもらっている保護者の一人ですが、どうかすみやかに立てこもりをやめてくれませんか。事を荒立てたくありません。夕方の六時まで待ちますから扉を開けて出てきてください。どうか、お願いします」

年のいった男の声が聞こえてきた。

父親たちは勤めがあるので、老人たちが集まってきているらしい。

「ですから、お母さんたち二人の要求を取り下げてくれるのなら、喜んでやめるといっているでしょう」

大樹がいい終えたとたん、

「誰が取り下げるものか。こうなったら徹底的に相手をしてやるからそう思え！」

叫ぶような女性の声が聞こえ、そのまま電話はぷつんと切れた。

「僕たちにも聞こえたけど、六時までに先生はこの立てこもりをやめるの？　向こうのいいなりになって」

心配そうな声を将太があげた。

「やめるわけないじゃないの。悪いのは向こうなんだから。こうなったら、本当に二カ月だって三カ月だって立てこもってやるから」

相変らず愛奈は強気な姿勢だ。

「でも、向こうは警察に通報するっていってたけど」

「嘘よ。そうやって威《おど》しているだけ。そんなことしないわよ」

吐きすてるような愛奈の言葉に、

「そうともいえないだろう。どうしても立てこもりをやめないときは、警察が飛びこんでくるかもしれない。そういう可能性は確かにある」

と、大樹はいう。

「そうなったら、僕たちみんな逮捕されるの？」

心細そうな声を将太が出した。

「大丈夫だ。逮捕されるのは先生だけで、将太や愛奈に警察が手を出すことはないから」

いいながら大樹の胸は早鐘を打ったように鳴り出した。逮捕だけは……しかし、この状況では、そういうことも充分にあり得る。

――あまり行きすぎると、とんでもない結果になる。

この話をしたとき、行介はこんなことをいった。そして島木は、

――何事もほどほどに。

そういったのだ。

だが、ほどほどのところというのは……いくら考えてもそれがわからなかった。向こうの本音がわからなかった。

「先生っ」

突然、将太が声をあげた。

「三時すぎになったら、あの秘密の猫道から抜け出して情報を探ってきてやろうか」

「情報？」

「向こうがどう思っているか知りたいんだろ。その時間になればここのみんなも学校から帰ってくるから、口の固い友達をけしかけて、そのへんのところを探ってもらうよ。多分、さっき出た男の人は豊《ゆたか》のじいちゃんのはずだから、豊をけしかければ大体のことはわかると思う」

将太は少し胸を張り、得意げにいった。

「猫道から出るって、本当に大丈夫なのか。落ちることはないのか」

「大丈夫だよ。心配だったら、トイレの窓を開けて外を見てくるといいよ」

いわれるままに大樹はすぐにトイレに向かって走り、窓を開ける。将太のいった通り、ぶら下がれば小学生でも足が物干し台に届く高さだ。これならもし落ちたとしても大事にはならない。

「ねっ、大丈夫でしょ」

いつのまにきたのか、後ろから将太の声がかかった。

「そうだな、大丈夫なようだな。それなら頼むとするか、情報収集を。しかし、決して無理はするなよ」

「了解っ」

将太は背筋を伸ばして敬礼をした。

帽子をかぶった将太がマスクをして猫道から出ていったのが三時すぎ。帰ってきたのは五時頃だった。

「どうだった、豊はつかまえられたのか」

勢いこんで訊く大樹に、

「つかまった。それでみんなが集まっている僕の家にさりげなく行ってもらって、情報を仕入れてきてもらった」

将太は息を弾ませていった。

家にもぐりこんだ豊の話によれば――。

六時までに立てこもりをやめないときは、みんなでここに押しかけ、扉を破ってなかに入るということにきまっているという。それでも入れないときは、改めて別の方法をみんなで考えるということだった。

「ここのビルは古くて合鍵はないはずだから、そう簡単に扉は開けられない。何度も転売されて、大家さんもこの町にはいないし。それより、気になるのは別の方法ということだ」

大樹の喉がごくっと鳴った。

「警察に通報するっていうことも含めた、いろんな方法じゃないかって、豊は」

「警察の通報も含めて……」

呟く大樹に、

「それより、このことは町内のかなりの人が知っていて、僕の家には相当いろんな人が出たり入ったりして大騒ぎらしいよ。もちろん、店は休みになってた」

心配そうな口振りで将太はいった。

望むところのはずだったが、現実にそういわれると体中が縮んでいくように感じた。頭の奥で、もうあの音楽は鳴っていなかった。

六時はすぐにきた。

扉の向こうが騒がしくなった。

誰かがどんどん叩いているが、鉄製の扉はびくともしない。

「先生。大丈夫かなあ、扉」

泣き出しそうな声で将太がいった。

「大丈夫だ。そう簡単には破れない」

扉を開けようとする喧しい音は二十分ほどでぴたりとやんだ。

「諦めて帰ったみたい」

愛奈が静かになった扉を睨みつけるようにいった。

「またくるはずだ。今度は別の方法で、この扉を破るために。警察がくるのか何がくるのかはわからないが……」

「どれぐらい、あとなんだろうね」

将太が体をぶるっと震わせた。

「多分、一、二時間ぐらいだろうか」

「そのときはどうするの。私は最後まで抵抗するつもりでいるけど」

肩を怒らせて愛奈がいった。

「どうするかなあ。そのときになってみないと先生にもわからない……」

溜息と一緒に大樹はいった。

一時間があっというまに過ぎた。

それから十分ほどして、扉の前がまた喧しくなった。新たな方法で扉を破るつもりだ。いったいどんな方法で……もし警察がきているとしたら静かすぎる様子ではあるが。

そのとき、隣の部屋のほうで音がした。

何かが、なかに入ってくるような。

「先生、トイレだ。誰かが猫道を通ってここにきたんだ！」

将太が叫んだ。

三人の目が隣の部屋の通路に注がれた。

意外な人間が立っていた。

行介だ。

「宗田さん、どうしてここへ」

驚きの声をあげる大樹に、

「このビルは俺たちの子供のころからあった。だから、隣の物干し台からなかに入れることも俺たちは知っていた――まあ、そんなことはどうでもいい。それより、すぐに扉を開けなさい。すぐに」

怒鳴るように行介はいった。

「先ほど、扉の向こうにいる連中と話をしてきた。今、向こうで作業をしているのはプロの鍵屋だ。じき開けられるだろうが、もし開けられないときは警察に通報するということになっている。だから、扉を開けるなら今しかない。こちらから開ければ誠意はまだ通じる。話し合える余地は充分に残されている」

警察の突入。大樹の体がぶるっと震えて、そのあと体が硬直したように動かなくなった。

「先生、まだ音楽は鳴っていますか」

行介の目が大樹を真直ぐ見ていた。

音楽は鳴っていなかった。先ほどからずっと鳴りをひそめている。大樹は首を振った。

「だったら、開けるしかない」

行介の大きな右手が背中を叩いた。体のなかに何かが走った。大樹は扉の前のバリケードに取りついた。将太も愛奈も、そして行介も。

しばらくして大樹の手で扉が開かれた。

二十人近くの人間がなだれこんできた。

「あなたはよくも、こんなことを！」

叫んだのは理佐子だ。

「訴えてやるから、誘拐罪で訴えてやるから！」

幸代が怒鳴り声をあげて大樹を睨みつけた。

理佐子たちが大樹に向かって進んだ。

「待ってください」

割って入ったのは行介だ。

みんなの動きがぴたりと止まった。

両手を広げて立ち塞《ふさ》がった行介の姿には、逆らえない何かがあった。

「先生は決して悪気があって、こんなことをしたんじゃありません。教師としての善意です。先生はここにいる将太君や愛奈ちゃんを、元の引きこもりに戻したくなかった。だから苦肉の策で、立てこもりを実行したんです。そこのところをよく考えてやってください。その証拠に、先生は自分から扉を開けた。話し合いはできるはずです、いかがですか」

行介はみんなに向かって頭を深く下げた。

「そりゃあまあ、宗田さんがそういうんなら」

そんなことを誰かがいい、みんなのなかから険悪なものが薄れていくのがわかった。

「じゃあ、先生。今日は子供だけ返してもらって、明日話し合いをしましょう」

面立ちが豊に似た老人がいい、あとの人間もそれに従って大きくうなずいた。

「ありがとう、ございます」

行介がまた頭を下げた。

つられて大樹も将太も愛奈も頭を下げた。

大樹はようやくわかった。

珈琲屋にいった理由が。自分はヒーローを見に行ったわけじゃない。止めてもらうために行ったのだ。大事にならない、ぎりぎりのところで止めてもらうために。
大樹の前で頭を下げる背中は大きかった。
行介はやはり、大樹のヒーローだった。

ホームレスの顔

確信は持てなかった。

頬《ほお》から下を覆《おお》っている、伸び放題の髭《ひげ》が邪魔だった。

咲恵《さきえ》はちらっと店の惣菜売場に目をやりながら、手早くレジを打って代金を受け取り、品物を袋につめる。

「ありがとうございました」

客を送り出すと、今度は凝視するような視線を惣菜売場に向ける。

咲恵が気にしているのは、夫の輝久《てるひさ》と話をしている一人のホームレスだ。目鼻立ちが、知っている男に酷似していた。断定できないのは髭のために唇と顎《あご》の形がはっきりしないせいだ。もし髭を剃り、その下から人並以上に分厚い唇と、しゃくれ気味の顎が出てきたら……咲恵はぶるっと体を震わせる。

輝久がホームレスの男に売れ残りの幕の内弁当を手渡した。男はぺこぺこと輝久に何度も頭を下げている。頭を下げながら男の視線が動いて、カウンターの咲恵と目が合った。咲恵は慌てて目をそらすが、視線が合うのはこれが初めてではない。

向こうは確実に私に気がついている。

咲恵は胸の奥で叫び声をあげる。

何でもない様子を装って、伝票の整理をするふりをする。

男が店を出ていく気配が伝わり、輝久がレジにやってきた。

「そろそろ閉めるか」

疲れているのか、首をぐるぐる回しながらいった。

時計を見ると、九時十二分——閉店時間を十分ほど過ぎている。

「そうね」

咲恵はいってから、

「何であんな人、店に入れるのよ」

低い声を出した。

「何でって。食べる物がないっていうんだから、ほっとけないじゃないか」

とまどい気味に輝久がいう。

「だからといって、別にうちが世話を焼くことは……それに商品であるお弁当を簡単に渡すことも控えたほうが」

「控えたって、結局売れ残って廃棄処分にするんだから同じじゃないか」

輝久がやや声を荒げる。

「同じじゃないわよ。大手のコンビニなら、売れ残りの弁当類はすべて廃棄処分にするのが常識じゃない」

「そうだろうけど、うちは別に大手のまねをする必要はないんじゃないか」

確かにそうではある。

輝久と咲恵が経営する『コガ・マート』は体裁はコンビニエンス・ストアだったが大手のチェーン店ではなく、平たくいえば町の何でも屋だった。百年ほどつづいた『古賀《こが》酒店』というのが前身だったが、輝久が店を受けついでから今のコンビニエンス・ストア風に大幅に改装した。五年前のことだった。

本通りから商店街に入ってすぐの所にあるという立地条件が幸いしたのか、客の入りもそこそこあって大きな儲《もう》けはないものの黒字がつづいている。咲恵と輝久、それに従業員一人の三人で店を回しているが、さすがに深夜営業は無理で、店を開けている時間は朝の八時から夜の九時までだった。

「それに」

と輝久が両目を細めた。

「お前のこと、やっぱり美人だって石橋《いしばし》さんはいってたよ」

石橋というのはあのホームレスの名前で、咲恵の頭のなかにある岡本《おかもと》とは違ったが、名前などは何とでもごまかせる。身分証明書を見せて名乗るわけではないのだから。

「何が美人よ。そんなお世辞にうまく乗せられて、しょっちゅうお弁当をあげたりして。店主なんだから、もっとしっかりしてよ」

いいながら咲恵は、胸の奥に嬉しさのようなものが湧きおこるのを感じていた。非常事態のさなかだというのに。

「お世辞じゃないと俺は思うよ。お前はまだまだ綺麗だよ。年だってとても三十九には見えないし。どう見たって三十そこそこだよ」

若く見えるのは自分でも意識していた。やはり、悪い気はしない。ただ、店を改装してからの五年間はがむしゃらに働いてきて、とても自分の容姿に時間を割《さ》いている余裕はなかった。

「それに石橋さんは決して悪い人じゃない。物言いだっておとなしいし、乱暴な素振りを見せたこともない。これも何かの縁じゃないか。ほうっておくわけにはいかないよ。みんな助け合って生きていく。そうやって昔からやってきたんだから」

「それはそうだけど――でも、あなたは人が好《よ》すぎるから。そのあたりがちょっと心配で、こうして、いいたくもないことをいってるんだけど」

上目遣いに輝久を見ると、穏やかな目が咲恵を見ていた。

「どこの商店街でも人の好さと親切が売りなんだ。そうでなければ小さな商店街はみんななくなってしまう。人の好さは生き残りの知恵。大型店に対抗するにはそれしかないんだから」

「それにしたって、この商店街もシャッターの閉まった店が年々多くなってきて。おまけに、その空き家になった店から、ここんところ不審火が二件も出て……」

事実だった。ここ半月ほどの間に、空き家になった二軒の店から出火していた。幸い両方ともボヤですんだものの出火の原因はわからず、放火を疑う声もあった。

「ねえ、あの石橋さんが、この商店街に現れたのって二十日ほど前じゃなかった?」

思いきって口に出してみた。

「そうだけど。お前まさか、石橋さんを疑ってるのか」

ほんの少し輝久の口調に怒気がまじった。

「疑いたくはないけど、あの人がくるようになってから火事がおきていることは確かだから、そんなことも」

弁解がましくいうと、

「石橋さんに限ってそんなことは絶対にないよ。証拠もないのに、簡単に人を疑うのはよくないと思うよ」

強い口調で輝久がいった。

「それは、あなたのいう通りだけど」

ぼそっと咲恵はいい、

「石橋さんて、商店街の端っこの児童公園で寝泊まりしてるんだっけ」

話題を変えるようにつけ加えた。

「ああ、あの公園の隅に青テントを張って」

「他にもホームレスの人は、あの公園にいるの？」

「今のところ、石橋さんだけだと思う……しかし、そのうち追い出されるんだろうな。役所の人間が出向いて」

しみじみとした口調で輝久がいう。

「役所の人間に追い出される！」

思わず口に出すと、

「いくら人の好さが売り物の商店街といっても、お前のようにホームレスを毛嫌いする者もいるだろうから。いずれ役所に苦情が届いて、強制執行になるんじゃないかな」

わずかに睨《にら》むような目を輝久はした。

「私は別に毛嫌いなんて」

咲恵の口調にも少し険がまじる。

「してるから文句が出るんだろ――だけど石橋さんの身にもなってやれよ。あの人だって、好き好んでホームレスをやってるわけじゃないんだ。五年前に会社をリストラされて、奥さんとはそのせいで離婚。まともな職も見つからず、どうしていいかわからなくなり自棄《やけ》になって、その結果」

輝久が口にしているのは石橋からの受け売りだった。本当か嘘かわかったものではない。たとえ本当だとしても、そんな人間は世の中にごまんといる。それに……。

「だから、毛嫌いなんかじゃなくて、あまり甘やかすと石橋さん自身のためにもよくないんじゃないかって、私は」

何とか話を取りつくろうと、

「甘やかすたって、お前なあ」

輝久の声が段々低くなる。よくない前兆だ。輝久は、正しいと信じこんでいる自分の言動に文句をつけられると癇癪《かんしゃく》を起こす癖がある。一度癇癪を起こすと数日は収まらない。鬱陶《うっとう》しい日がつづくことになる。

「それは……」

咲恵はなだめの言葉を探すが、

「マスター、そろそろ店、閉めますよう」

倉庫につづく扉が開いて、妙に間延びした声が響いた。

「ああ、吉村《よしむら》さん。そうだね、そろそろ閉めないとね」

輝久の声も穏やかなものに戻っていた。

吉村の声に気勢をそがれたようだ。

「ご苦労様。倉庫の整理は片づいたの？」

ほっとした気分で咲恵もいう。

「片づきました。注文しなければならない商品伝票も書いておきましたから」

伝票をそっとカウンターの上に置いた。

吉村は『コガ・マート』のただ一人の従業員で、三十五歳の独身。扱いはパートタイマーで、一年ほど前に勤めていたプラスチック工場が倒産して、それ以来ここで働いている。人当たりのいい温和な性格で機転も利いた。今の間延びした声も、その機転を利かしたものに違いないが、たったひとつだけ困った点があった。

咲恵を見る吉村の目だ。

明らかに輝きのようなものがあった。誰も気づいていないようだが当の咲恵にはよくわかる。あれは思いを寄せる者の目だ。かといってくどいてくるわけでもないし、悪さをするわけでもない。一言でいえば、おとなしい草食動物の目だった。

だから咲恵は、何か面白くないことがあるときには吉村と話をすることにしている。気遣いにあふれた優しい言葉は、必ずいい気持にさせてくれた。

「あとは私たちでやるから帰ってもいいわよ。明日もよろしくお願いしますね」

咲恵はにっこりと笑いかける。

とたんに吉村の顔が華やぎ、さっと戻る。

「じゃあ、失礼させていただきます」

吉村は二人に頭を下げて倉庫の扉を開けて帰っていった。


次の日の夕方、咲恵の足は『珈琲屋』に向かっていた。

秋もめっきり深まり、爽やかというよりは肌寒さを覚えた。これから段々寒くなって、やがて冬……テントのなかの石橋は大丈夫なのだろうか。そんなことをふと考えながら、がっしりとした木製の扉を押すと、鈴がちりりんと鳴った。

カウンターを見ると先客が二人いた。

洋品店の主人の島木と、それに蕎麦屋の娘の冬子だ。咲恵は一瞬テーブル席に目をやるが、足のほうはそのままカウンター席に向かう。丸椅子にゆっくりと腰をおろして、小さな吐息をつく。

「いらっしゃい」

厨房に立つ行介の口から、ぶっきらぼうな言葉が出る。

「ブレンド、お願いします」

低い声で応じると、

「これは、お珍しい。コガ・マートの咲恵さんじゃないですか。いつ見てもお綺麗ですなあ、溜息が出ますなあ」

ひとつ隣に座る島木が声をかけてきた。

「ありがとうございます。島木さんもお元気そうで」

会釈をして笑いかけると、島木の顔がぱっと綻《ほころ》ぶのがわかった。

「こんにちは」

島木の向こうに座っている冬子から声がかかった。

この女は苦手だ。

どこからどう見ても容姿は冬子が勝る。こういう女にはあまり近づかないほうが気分的にいい。

「こんにちは。冬子さんも元気そうですね」

口が腐っても、綺麗ですねという言葉は出さない。

「今日はまた、どういう風の吹きまわしでこの店に」

島木が身を乗り出してきた。

町内一のプレイボーイという噂《うわさ》だが、近くで見ればただの中年男だ。これならまだ、吉村のほうが見場はずっといい。

「たまには一人で、コーヒーを飲みたいときもありますから」

さらっというと、

「それはいいですなあ。咲恵さんがいうと何となく納得する言葉です。まさに芸術の秋、絵になりますなあ」

歯の浮くような台詞を島木がいった。

「島木っ」

とたんに行介が叱責するように声をあげた。

「わかってる、わかってる」

仏頂面《ぶっちょうづら》で島木はいい、

「では咲恵さん、ごゆっくり」

軽く頭を下げて冬子に顔を向けた。

「熱いですから」

行介から声がかかり、カウンターに湯気をあげているコーヒーが置かれた。

咲恵は行介の手を凝視する。

この手を見るために自分は珈琲屋を訪れたのだ。節《ふし》くれ立った大きな手だった。いかにも握力がありそうだ。この手で行介は人を殺したのだ。

行介の手がカウンターから、ゆっくりと離れる。咲恵の視線は名残惜しそうに行介の右手の行方を追う。醜く引きつっているのは火傷の痕のようだ。

行介の両手が脇にたらされる。こうなるともう、手はよく見えなくなる。咲恵は諦めて細い指をコーヒーカップに伸ばす。

熱いコーヒーだった。そして、深い味がした。とても人殺しをした人間が淹《い》れたコーヒーとは思えない味だった。

「おいしいですね」

思わずいうと、

「ありがとうございます」

わずかに行介が頭を下げた。

咲恵はコーヒーを少しずつすすりながら、視線をちらちらと行介の右手に走らせる。脇にたらした手はよく見えなかったが、人を殺した手に違いはなかった。

それに較べれば自分はまだ、ましなはずだ。

咲恵も人を闇に葬り去った過去があった。

といっても厳密にいえば殺人ではない。堕胎だった。咲恵は大学に通っていたころ、赤ん坊を二人堕《お》ろしていた。

子供の父親は当時同棲していた二歳年上の岡本雅人《まさと》――現在コガ・マートの周辺をうろついている石橋と名乗る人物がそれだと咲恵は思っている。

岡本と咲恵が同棲していたのは一年半ほど。最初の妊娠に気がついたのは一緒に暮し始めて半年ほど経ったころだ。

生理が二カ月ほどなく、思いきって産婦人科に行って診《み》てもらうと、医師から妊娠三カ月になっていると告げられた。

その件を恐る恐る岡本に知らせると、

「堕ろせ」

即座にこんな言葉が返ってきた。

咲恵は産みたかった。学生結婚をしてもいいと思ったが、岡本のほうにはそんな気はまったくないようだった。堕ろすしか仕方がない。咲恵は岡本が好きだった。堕ろした後、アパートに戻った咲恵は一人で涙をこぼして泣いた。二十歳のときだった。

二度目の妊娠はそれから一年ちょっと経ってから。岡本は窮屈だといって避妊具を着けない男だった。本当は着けてほしかったが咲恵は岡本にそれをいえなかった。できれば一緒になりたい。背が高く、引き締まった体の岡本には華があった。

このときも岡本は、

「堕ろせ」

と咲恵の顔を睨みつけるようにいったが、そのあと、こんな言葉をつけ加えた。

「堕ろすなら、大学を卒業した後に結婚してやってもいい」

悲しみの心に花が咲いた。

咲恵は二人目の子供も堕ろした。

が、その直後、岡本はあっさり咲恵の前から去っていった。結婚の言葉は嘘だった。咲恵はこのとき、よく涙がなくならないものだと思えるほど泣いた。堕ろした二人の子供に申し訳が立たなかった。一人ならまだしも、二人というのが許せない。自分は殺人者だと思った。堕ろした子供が哀れだった。

咲恵は岡本を憎んだ。小さいころから可愛いといわれ、容姿に自信のあった咲恵は男によくもてたが、その自分がぼろ布のようにすてられたのだ。咲恵のプライドはずたずたにされた。子供とプライド、咲恵は二重の傷を負った。

その岡本に酷似した男が近くにいた。

だが、不思議に憎しみの情は湧いてこなかった。ひょっとしたら自分はまだ岡本のことを——そんな思いさえ胸をよぎった。髭を剃った石橋の顔がむしょうに見たかった。

憎しみの感情は湧かなかったが、堕ろした子供に対する自責の念はいっぱいになった。当時の様子が鮮明に思い出され、その度に鼻の奥が熱くなった。

そして、もうひとつ。咲恵には恐れていることがあった。大学時代の二度の堕胎。これを知っているのは咲恵自身と岡本だけだったが、もし石橋が岡本であれば、夫の輝久にそれを知られる恐れがあった。それだけは嫌だった。隠し通したかった。

「どうかされましたか、咲恵さん」

傍らから声がかかった。

「えっ?」

隣を見ると心配そうな島木と目があった。

「先ほどから、心ここに在《あ》らずといったかんじですが」

「あっ、それはあれです。近頃立てつづけにおきた不審火のことを考えていて」

とっさに、ごまかした。

「ああ、あれは困ったものです。いったい誰があんなことをするのか。空き家に火をつけるなど常人の神経を持つ人間のやることではありませんな」

演説をするように島木がいった。

「ひょっとしたら、児童公園にテントを張っているホームレス……あの人が怪しいんじゃないかと私は」

声をひそめる咲恵に、

「咲恵さんのご主人がいれこんでいるという、あのホームレスですか」

商店街のみんなは事情をよく知っているようだ。

「私は常々、必要以上にああいう人を甘やかすなと主人にいってるんですが、聞く耳を持たないようで駄目です」

弁解するように咲恵はいう。

「古賀さんは昔から優しい人で通っていたから、困った人を見るとほうっておけないんでしょうね。しかし」

島木が腕をくんだ。

「あの、石橋さんが、そんな大それたことを。おとなしそうな人に見えますけどね」

ちゃんと名前まで知っている。

「そうしていないと、みんなから親切にしてもらえないから。あれは、ホームレスの生活の知恵ですよ」

「生活の知恵ねえ……はて、真相はどんなものですかねえ。いずれ、警察が白黒をはっきりつけてくれるとは思いますが」

警察という言葉を聞いて、咲恵の胸がどんと音を立てた。そんなことになれば、あの隠してきた件も表に出てしまうのでは。

「警察もいいですけど、できれば早く、あそこから出ていってほしいですね。夜中に、家の周りをうろついていることも、よくありますしね」

「そんなことがあるんですか」

「はい。深夜、何回か二階の窓から石橋さんの姿を見たことがあります。もちろん、私の家の周りだけじゃなく、町内をうろついているんでしょうけど」

咲恵たち夫婦の寝室は店の二階にあるのだが、夜中にトイレに起きたときに石橋の姿を見たことがあった。もっとも、咲恵はそれを不審火と結びつけたことはない。あるいは自分を求めて……そんなことをふと思ったりした。

　あの大学時代も、岡本は簡単に自分の前から去っていったが、あれは赤ん坊のせいで、本当は自分に未練を残していたのではないか。そんなことさえ思ったりした。いや、そうであってほしいと願っていたのかもしれない。

「じゃあ、私。そろそろ」

　咲恵はポケットから財布を取り出す。

「もう帰るんですか。せっかく隣同士になれて喜んでいたのに。もっとも、ひとつ置いての隣同士ではありますが。今度はちゃんと私の隣に座ってくださいよ」

　島木はなかなか面白い人間である。

「店をほうっておくわけにはいきませんし、そろそろ息子も帰ってきますし」

　遠慮がちにそういうと、

「息子さん、おいくつですか」

　冬子が訊いてきた。

「中学一年になります」

「いいですね、子供って」

　ふいに冬子がいって、行介の顔をちらっと見た。あっと思った。冬子は行介が好きなんだ。迂闊《うかつ》だったが初めて知った。

「じゃあ、子供さんにもよろしく」

という冬子の顔は息をのむほど綺麗だった。

悔しかったが認めないわけにはいかなかった。そして、子供のためにも、あのことだけは絶対に表に出しては駄目なのだと、咲恵は強く自分にいい聞かせた。


次に珈琲屋を訪ねたのは、それから三日後だった。

幸いカウンター席には誰もおらず、咲恵は落ちついて行介の前に座ることができた。

しばらくして湯気の立つコーヒーがカウンターに置かれ、咲恵の視線は行介の右手に張りついたままで動かない。頑丈で節くれ立って、火傷の痕のある醜い手だった。だが、この手を見ると咲恵の心は妙に落ちついた。

「俺の右手が気になりますか」

コーヒーをすっていると、行介が口を開いた。

「えっ、そんなことは決して。それは宗田さんの思い違いで……」

しどろもどろになって声を出すと、

「俺の右手に関心のある人は、二通り」

行介がじっと咲恵の顔を見た。

優しい目のように感じられた。

「ひとつは、過去に人にいえないほどの辛いことがあった人。そして」

行介の目はまだ咲恵の顔を凝視している。

「もうひとつは、これから怖いことを実行しようと考えている人」

柔らかな口調だったが、咲恵の胸にぐさりと突き刺さった。

人にいえない過去はその通りだが、行介はさらに、これから怖いことを実行しようと考えている人といった。怖いことを実行……自分はそこまで考えてここを訪れているのだろうか。そんなことはないはずだ。そんなことを考えているはずはない。

「それはやっぱり、宗田さんの勘違いです。私はおいしいコーヒーを飲みたくて、ここにきているだけですから」

喉に引っかかった声が出た。

「そうですか。でも、何か話したくなったら遠慮なさらずに」

それだけいって、行介はあっさりカップを洗う作業を始めた。何となく拍子抜けするような態度だった。ふいに咲恵は何もかも行介に話したい衝動に駆られた。この、人を殺したことのある静かすぎるほどの男に。しかし、いったい何のために自分の罪を行介に……。

そんなことを考えていると鈴の音がして、誰かが店に入ってきた。何気なく振り返ってみて咲恵の胸が大きな音を立てた。

「何だ、お前もきていたのか」

夫の輝久だ。そして、後ろにいるのはホームレスの石橋。

「たまには石橋さんに、おいしいコーヒーを飲ませてやりたいと思ってね」

輝久は屈託《くったく》のない声でいってから、

「お前も一緒に話をするといい。こっちのテーブル席で」

とんでもないことをいい出した。

「あっ、私は」

掠《かす》れた声にかぶせるように、

「どうぞ、席を移ってください。コーヒーと水は後で持っていきますから」

行介が穏やかにいう。

「あっ、でも」

「何をごちゃごちゃいってるんだ。さっさとこっちにきなさい。この状況で遠慮するのは石橋さんに悪いだろ」

輝久の声が飛んだ。低い声だ。ここで拒めば、あの癇癪が起きる。

「どうぞ」

と行介がいい、水の入ったコップを三つトレイに載せて奥の席に向かった。こうなったら行かないわけにはいかなかった。咲恵は腹を括《くく》った。

ゆっくりと奥の席に向かって歩いた。

喉がからからに渇いていた。

奥の席まで行き、輝久の隣にそっと座りこむ。心臓が早鐘を打ちはじめた。体中が強張った。

すぐ前の席に石橋がいた。

髭だらけの顔を伏せて、視線をテーブルの上に落している。

「飲んでびっくりしますよ。ここのコーヒーはすこぶるつきのうまさで、石橋さんも癖になるかもしれない」

輝久は機嫌のいい声でいい、

「行介さん。なるべく早く、お願いしますよ。石橋さん、お待ちかねだから、頼みますよ」

厨房に向かって大声を張りあげた。

すぐに行介がコーヒーを運んできた。

輝久と石橋の分、それに咲恵のための新しいコーヒーもあった。

「咲恵さんの分は、サービスですから」

照れたような口調で行介がいい、ちらっと石橋のほうに視線をやってから戻っていった。どうやら行介も輝久同様、弱い立場の人間が好きなようだ。

「どうぞ、熱いうちに」

輝久が石橋をうながす。

石橋の手がゆっくりと動いて、コーヒーカップをつまみ、これもゆっくりと口許《くちもと》に持っていく。

ふうっと吹いて少量を口に含む。ごくりと飲みこんでから、

「おいしいです」

低すぎるほどの声でいった。

視線はまだテーブルに張りついたままだ。

「さっき聞いて驚いたんだけど、石橋さんは俺と同い年なんだって」

顔中に笑みを浮べて輝久がいった。

輝久と同い年ということは咲恵よりふたつ上ということになる。つまり、岡本と同年齢ということだ。

うつむいていてよくわからなかったが、咲恵は息を殺して石橋の顔を凝視する。見ればみるほど似ていた。あとはあの髭の下がどうなっているか。

「申し遅れたけど、こいつが女房の咲恵です。どうか今後ともよろしく」

穏やかな声で輝久がいった。

ゆっくりと石橋が顔をあげた。

すぐ間近で目があった。

咲恵の全身を悪寒のようなものが走り抜けた。岡本にそっくりだった。自分をぼろ布のようにすてた岡本に。堕ろした二人の子供の父親である岡本に。

咲恵は臍《ほぞ》を固めた。

「あの、石橋さん。その髭なんですけど……」

咲恵の疳高《かんだか》い声が周囲に響いた。


レジの仕事も一段落ついて、ほっとした思いで肩の力を抜くと背中のあたりに何かを感じた。

後ろを振り向くと、倉庫の前に立っている吉村と目があった。感じたのは吉村の視線だ。倉庫の前から咲恵の後ろ姿を吉村はじっと見つめていたようだ。

「あら、吉村さん、どうかした?」

吉村の熱っぽい視線は慣れっこになっているものの、盗み見されるのは嫌だった。言葉尻に怒気がまじった。

「あっ、別に何でも」

吉村は上ずった声を出してから、

「仕入れ商品の整理ができましたから、それで伝票を」

蚊の鳴くような声でつけ加えた。

「それなら頂いておくわ」

咲恵の声に吉村が店に入ってくる。伝票を手にしているところを見ると、仕入れ商品の整理をしていたのは確かなようだ。

「ありがとう」

伝票を受け取りながら咲恵はいい、

「ところで吉村さん。今年、何歳になるんだっけ」

何気ない調子で口に出す。

「三十六になりますが」

神妙な顔で吉村が答える。

「三十六か。やっぱり、そろそろ身を固めないと――誰か、いい人はいないの」

いないのはわかりきっている。

「特段、そういう人は……」

「じゃあ、好きな人はいないの？」

意地の悪い言葉に吉村の顔が歪《ゆが》んだ。

「いちおうは……」

「へえっ、誰なんだろう。ひょっとして私の知ってる人？」

たたみかけるようにいう咲恵の胸が、すうっと心地よくなる。

「ねえ、知ってる人なの、どうなの？」

吉村の顔を覗きこむように見ると、首の付根が赤くなっているのがわかった。視線はすでに床に落ちている。

「それで、その人は吉村さんのことをどう思っているの」

極めつけの言葉が出た。

「その人は――」

ちらりと吉村が咲恵を見た。

「多分、自分のことなど、何とも思っていないはずです」

途切れ途切れにいった。

「それは残念だわね。吉村さんて、こんなにいい人なのにね」

首を左右に振りながら咲恵はいう。

「自分は――」

ちらりと、また吉村が咲恵を見た。

「自分は男らしくもないし、覇気もないし、甲斐性もないし。ただ、真面目《まじめ》だけが取柄の人間ですから。女性には縁のない人間だということは、子供のころからわかっています」

一語一語嚙《か》みしめるようにいった。

「そうかもしれないけど」

さすがに咲恵の声も低くなる。

「でも、いつかきっと、吉村さんのことを理解してくれる人が現れるわよ。それまで、じっと辛抱強く待っていれば」

「本当に辛抱強く待っていれば、そんな人が現れますか。奥さんは本当にそう思いますか」

詰問口調で吉村がいった。

「それは、本当のところは私にもわからないけど……でも、神様はきっといるはずだから」

「いませんよ、そんなもの」

絞り出すように吉村はいい、

「倉庫の整理してきます」

ぺこりと頭を下げて、咲恵の前を離れていった。

ちょっとからかいすぎたと咲恵は後悔の念を心の隅に抱くが、こうでもしなければ心が晴れないのも確かだった。

あの珈琲屋での石橋との一件だ。

「あの、石橋さん。その髭なんですけど……」

と咲恵はいってから、

「いくらホームレスだといっても、たまにはさっぱりと剃ったほうが周りの好感度は増すような気がしますけど」

こうつづけたのだ。

「髭を剃るって――そんなことは石橋さんの決めることで、何もお前がとやかくいうようなことでは」

呆気《あっけ》にとられた表情で輝久がいった。

「でも、私は石橋さんの為を思って。伸び放題の髭って、けっこう胡散《うさん》臭く見えるし、女や子供の目から見ると恐しく思えるのも事実だから。現に私だって、石橋さんのことを怪しく思って見ていたから」

まくしたてるように一気にいった。

「お前、石橋さんの髭が嫌だったのか」

素頓狂《すっとんきょう》な声を輝久が出した。

「そうよ。女って顔を隠した人間に対しては、警戒心がまず出てくるものなのよ。だから、その髭さえ何とかすれば、商店街の人達も安心して石橋さんと接するんじゃないかと思うんだけど」

何とか筋の通る理屈をつけた。

「髭なあ。いわれてみれば、顔の半分がわからないというのは胡散臭いといえば、そうともいえるなあ」

唸り声を出して輝久が腕をくんだ。

「だから私は石橋さんの為を思って、いいたくもないことを思いきって」

ここぞとばかりに咲恵はいって石橋の顔を正面から眺めるが、石橋は視線を落して上げようとはしない。何とか表情を探ろうとしてみるが、やはり無理だった。

「うちのやつがこんなことをいってますが、どうですか、石橋さん。その髭を剃る気はありますか」

いい辛そうに輝久が声を出し、

「実をいうと、私も石橋さんのちゃんとした顔が見たいと思っているんです。今のままだと、髭を剃った石橋さんとどこかで出会っても、どこの誰だかわからなくて声もかけられません」

興味津々の目を向けた。

「それは」

ぼそりと石橋がいった。

「そのときがきたら、そうします」

絞り出すような声を出した。

咲恵の胸がざわっと鳴った。

そのときとは、いったいどのときなのか。自分を苦しめる、いちばん効果的なときを狙って石橋は髭を剃るというのか。そんな思いが体中をかけめぐった。そうとしか考えられなかった。

「そのときって?」

思わず言葉が口からほとばしった。

石橋の汚れた手がコーヒーカップに伸びて、ゆっくりと口に持っていき、ごくりと飲みこんだ。

「おいしい、コーヒーですね」

吐息をもらすようにいった。

咲恵の言葉に対する答えはなかった。

「そのときですか。いやあ、実にいい言葉ですねえ。そうですね。そのときは必ずくるはずですから、それを楽しみに待つことにしましょうか」

能天気なことを輝久がいった。

このとき咲恵は石橋と輝久、両方に対して殺意のようなものが湧いてくるのを胸の奥に感じた。

石橋も輝久もコーヒーのカップを手にして、無言のままゆっくりと飲みこむ。何かを口にしたかったが、咲恵もそれに倣《なら》うしか術《すべ》はなかった。

「俺は」

カップを皿に戻した石橋が唐突に声を出した。

「薄汚いホームレスですから、どこへ行っても嫌な目で見られる、きらわれ者です。そんな俺が今更髭を剃って真面目ぶっても、それほど変りがあるようには」

低い声でいった。

「それはそうでしょうが、何でもやらないよりはやったほうが……」

輝久が掠れた声でいう。

「通りを歩いているだけで石をぶつけられたこともありました。青テントで寝ていてホームレス狩りにあい、半殺しの目にあったこともありました。でも、耐えるしか方法がないんです。そこにいるというだけで俺たちは目障りな存在なんですから」

淡々とした調子でいう石橋に、

「そんなことは」

と輝久が顔の前で手を振る。

「もちろん、古賀さんのような人もいらっしゃいます。でも、そんな人は稀《まれ》で、ホームレスと親しくなろうと思っている人は普通いませんが」

「でも、さっき石橋さんはそのときがきたらと、そういってましたが」

恐る恐る口を開く咲恵に、

「そうですね、確かにいいました。そのときがきたらって」

そういってから石橋はぎゅっと口を引き結んだ。コーヒーカップに手を伸ばし、残っているコーヒーをちびちびと口に運んだ。

「まあ、そういうことは、おいおいということで。なあ、咲恵」

その場をとりなすようにいう輝久に咲恵は小さくうなずく。うなずきながら視線を落した石橋の顔を凝視する。

やはり岡本に似ていた。

似てはいるが顔半分を覆っている髭のため確信は持てない。これだけ近くから見ても無理だった。

それにと咲恵は考える。石橋がもし岡本なら、なぜ自分に何もいわないのか。ぐずぐずと輝久と接触をしつづけるのか。そのあたりがまったくわからなかった。いちばん簡単な答えは石橋は岡本とは別人。そう考えれば何もかもすんなりと収まるのだが。

「石橋さん。もう一杯、コーヒーのお代りどうですか」

輝久が柔らかな声をあげた。

「あっ、ありがとうございます。頂きます。ここのコーヒーは、本当においしいです。ありがとうございます」

石橋がへつらうようにいった。

薄く笑ってから視線をテーブルに落して口を引き結んだ。

咲恵は、石橋がいった「そのときがきたら」という言葉が気になってしかたがなかった。そのときとはいったい……。

さらにもうひとつ。咲恵の心を沈ませることがあった。今月は堕胎した二人の子供の祥月で、命日が近づいていた。一人目が十八日、二人目は三十日だった。一人目が男の子で二人目は女の子。咲恵は規則だから教えられないという堕胎手術をした婦人科医をなかば脅すようにして、このことを知った。

咲恵は二人の子供に密かに名前をつけた。男の子が克彦《かつひこ》で女の子が鈴子《すずこ》。

「莫迦《ばか》なまねはよせ」

そんな咲恵を岡本はなじったが、これだけはゆずることができず、咲恵はその名前を独り言のように時々口にした。岡本は咲恵のそんな様子を苦々しい顔つきで見ていた。

憂鬱な日がつづいた。

こんな日は珈琲屋に行くのがいちばんだと、咲恵はふらっと外に出て木製の頑丈な扉を押した。

真直ぐ向かったカウンターには先客がいた。冬子だ。この女は苦手だが、そんなことはいっていられない。行介の淹《い》れたコーヒーが飲みたかった。

冬子に軽く会釈をして、

「ブレンド、お願いします」

と咲恵は小さな声でカウンターのなかの行介に告げる。

行介の手が動き、アルコールランプに火をつけ、サイフォンの下にゆっくりとセットする。

咲恵は行介の手を凝視する。

気持がすうっと和《やわ》らいだ。

行介の手も自分の手も殺人者の手。見ていると確実に罪の意識が薄らいでいくのを感じた。

「熱いですから」

しばらくして咲恵の前に湯気の立つカップがそっと置かれる。

「ありがとうございます」

返事をした咲恵は、両手でカップをつつみこむようにして口に運ぶ。舌の上に乗せて少しずつ口にふくむ。熱かったがうまかった。自分にぴったりの味だと思った。

「石橋さん、あれから一度、ここにきましたよ」

意外なことを行介がいった。

「どうやら石橋さんは町の噂で俺の過去を知ったようで、そこに座って俺の手を見ていました。ちょうど今の咲恵さんのように。黙って俺の手を見て、黙ってコーヒーを飲んで帰っていかれました」

胸がどんと音を立てた。

石橋は行介の過去を知っていた。そしてここにやってきた。いったい何のために。ひょっとしたら自分と同じ思いでこの店にきたのではないか。咲恵は忙しく考えをめぐらせるが、答えが出てくるはずはない。

「あの、石橋さんは、お金をちゃんと持っていたんでしょうか」

気になったことを訊いてみた。

「帰るとき、手に握りこんでいた五百円硬貨を一枚出されたんですが」

ぽつんと行介は言葉を切った。

そのとき行介は――。

支払いはあるときでいい。ツケでいいから、ここのコーヒーが飲みたくなったらいつでも来てくださいといった。石橋は困惑しながらも、ではお言葉に甘えますといって頭を下げたという。

それが咲恵と輝久、それに石橋との三人で奥の席で話をした次の日のこと。

「失礼で傲慢《ごうまん》かとも思ったんですが、余計なお節介を焼いてしまいました」

照れたようにいう行介に、

「そんなことないですよ。宗田さんのしたことは失礼でも傲慢でもなく、ちゃんとした思いやりだと私は感じます。近頃は、お節介を焼く人も少なくなりましたから」

いいながら、この人は罪を犯してから優しさが増しているのだと咲恵は思った。では自分は……。

優しさなどは欠片《かけら》もない。何か面白くないことがあれば、自分に思いを寄せている吉村をからかい、過去を知っている男が現れれば、犯した罪を喋られるのではないかと戦々恐々としている。しかし……。

咲恵は小さな吐息をそっとつく。

自分が情けなかった。

手にしたコーヒーカップを、そろそろと口に運んだ。こくっと飲んだ。少しぬるくなったせいか、さっきほどうまくはない。かまわずに喉を鳴らして飲んだところへ、隣の冬子から声がかかった。

「昨夜また、不審火があったみたいですよ。三丁目の花屋さんの裏手の空き家で」

どうやら世間話で、この場の雰囲気を和《なご》ませようとしているようだ。

「またあったんですか。どの程度だったんですか」

咲恵はカップを皿に戻して、さらっと答える。世間話というのも有難いものだ。

「近所の人がすぐ気づいて、ボヤ程度ですんだようですけど。こうなってくると」

「やっぱり、放火ですか」

後を引きついで咲恵はいう。

「多分そうじゃないかということで、警察のほうも本格的な調査に乗り出すみたい。ちょっと遅すぎる気もしますけどね」

睨むような目で冬子が宙を見た。

怒った顔をしても綺麗だった。

「私たちも気をつけないとね。夜が明けたら店が焼けていたなんて、そんなことにならないように。ねっ、行ちゃん」

冬子が行介に同意を求めた。

甘えたような声だったが、嫌みは感じられなかった。

「そうだな」

という行介の声を聞きながら、自分には冬子がいった「ねっ、行ちゃん」に匹敵するような人間がいるのだろうかと、知っている人間の顔を咲恵は思い浮べるがいなかった。

吉村はいいように利用しているだけだったし、亭主の輝久には過去を隠している。いわないほうがいい過去だが、隠していることにかわりはなかった。

ふいに石橋の顔が脳裏に浮んできて咲恵は狼狽《ろうばい》した。なぜここで石橋の顔が出てくるのか。たとえ石橋が岡本であったとしても出てくる理由がわからなかった。

「どうかした、咲恵さん？」

冬子が咲恵の顔を見ていた。

「あっ、うちも気をつけないと大変なことになると、そう思って」

とっさにそう答えると、扉の開く鈴の音が聞こえた。何気なく顔をそちらに向けると思いがけない人物が立っていた。

石橋だった。

髭に覆われた顔をカウンターに向けて、呆然とした様子で立っていた。

「いらっしゃい、石橋さん。どうぞカウンターのほうへ。まだ座れますから」

行介のぶっきらぼうな声が飛ぶ。

「あっ、いえ、今日はテーブル席で。奥のほうに座らせてもらいますから」

石橋のほうもカウンターに咲恵の姿を見て驚いたのか、甲高い声で答えた。

「ブレンドでいいですか」

という行介に、

「はい。お願いします」

と石橋がいい、奥の席に向かってゆっくりと歩いていった。

行介の手が動いて、トレイに水の入ったコップを載せて奥の席に行き、短く何かを話してからカウンターに戻ってきた。

胸が騒《ざわ》めいている。

どんな行動をここで起こせばいいのか。

さっさと帰ればいいのか、このまま居座っていればいいのか。そんなことをあれこれ考えているうちに、淹れたコーヒーをトレイに載せて行介が奥の席に向かった。

「古賀さんにはいつもお世話になっています。奥さんにもよろしくと、石橋さんからの伝言です」

戻ってきた行介が屈託のない声で咲恵にいった。

「あっ、それはご親切に畏《おそ》れいります」

妙な言葉を返して咲恵は、ほんの少し顔を赤らめた。

じりじりと時間が過ぎた。咲恵の胸はやはり騒めいている。落ちつかなかった。喉が渇いてきた。

「あの」

咲恵は行介に声をかけた。

「少し石橋さんと話をしてきますので、あちらの席に移ります」

自分でも思いがけない言葉が口から飛び出した。

「いいですよ。コーヒー、あちらにお持ちしましょうか」

うなずきながらいう行介に、

「いえ、それはいいです。話はすぐに終るはずですから」

咲恵はきっぱりと断った。

コップの水をごくりと飲んで、咲恵は奥の席に向かった。胸のほうは早鐘を打ったようだった。

「ちょっと、ご一緒していいですか」

腹の底から声を出した。

真直ぐ石橋の顔を見てから、返事も聞かずに前に座りこんだ。

「先日は失礼しました。古賀の家内の咲恵です」

深々と頭を下げると気分がいくらか落ちついてきた。

「あっ、いえ。こちらこそ失礼しました。古賀さんにはいつもお世話になって、ありがとうございます」

石橋も頭を下げるが、そのまま固まったように動かなくなった。

「あれからまた、この店にいらっしゃったと、宗田さんからは聞いてますが」

小さく深呼吸してからいうと、

「ああっ、はい」

短く石橋が答えた。視線はテーブルの上に落したままだ。明らかに緊張している様子だった。

「ここのコーヒーは、おいしいですから」

口にする咲恵の心に余裕が出てきた。

石橋は小さくうなずくが声は出さない。

「髭、まだ剃ってないんですね」

核心をつく言葉を石橋にぶつけた。

「はい」

首をわずかに前に倒す。

「石橋さんにとって、まだ、そのときではないということですか」

また、首がわずかに動いた。

「そのときって、本当にくるんですか。嘘じゃないんですよね」

真直ぐ石橋の顔を見ていうが、うつむいているので表情はわからない。

「嘘じゃないです」

掠れた声が聞こえた。

ようやくまともな答えが返ってきた。

「それならいいんですけど。すみません、失礼なことをいって」

咲恵は素直に謝ってから、

「その日がとても楽しみです。髭の下からどんな顔が現れるか」

少し大胆なことをいうと、

「はい」

石橋は蚊の鳴くような声で答えた。

何を訊いても首を倒すか、はいだけで埒《らち》が明かなかった。咲恵は思いきったことを訊くことにした。この問いに石橋がどう答えるのか。それによってすべてのことがわかるはずだった。

「石橋さん。顔をあげて真直ぐ私を見てくれませんか」

有無をいわさぬような強い口調でいった。

石橋の顔がゆっくり動いた。徐々に上にあがって咲恵の顔に視線を向けた。

「ありがとうございます」

と咲恵はまず礼をいい、

「石橋さん。ひょっとして私の顔に見覚えはありませんか」

すがるような視線を石橋に向けた。

石橋は無言だった。

ただ、視線は咲恵の顔に張りついたままだ。

しばらくして、石橋の首が左右にゆっくり振られた。石橋の答えだった。すべての問いはこれで終ったものの、否定の意思表示をした石橋の言葉を咲恵が全面的に信じたわけではなかった。

人は嘘をつくのだ。それも大事な場面に限って。だから、石橋が岡本であるかどうかは白紙に戻っただけで、本当のところは依然としてわからないままだった。

咲恵の胸にプライドという言葉が浮んだ。昔の恋人の前でホームレスの身をさらすのは誰だって嫌なはずだ。そんなことになるのなら、口をつぐんでいたほうがましだ。しかし、ホームレスになってさえ、プライドなどという厄介なものを持ちつづけられるものなのか。

ただ、人間は誰しも意地の悪い一面を持っている。昔の恋人が幸せそうな暮しをしていて自分はホームレス……告げ口をしたくなるのも人間という生き物なのだ。もっともこれは、石橋が岡本だったとしての推論ではあるけれど。

「じゃあ、石橋さん、ごゆっくり。私はこれで帰りますから」

理由はわからなかったけれど、ほんの少し顔に笑みが浮んだ。

克彦の祥月命日の日。

とんでもないことがおこった。

いくら待っても吉村が店に姿を現さなかった。ケータイに電話しても電源が切られているようで、何の反応もない。

アパートを見てくると出かけていった輝久が、首を傾げながら帰ってきた。

「蛻《もぬけ》の殻――前から荷物の少ない部屋ではあったけど、きれいさっぱり何もかもなくなっていた」

「ということは！」

驚く咲恵に、

「理由はわからないが、吉村さんは夜逃げをしたらしい。そうとしか考えられない」

唸るような声で輝久がいった。

二人で店を回すのは無理かもしれないが、とにかく訪れる客に対応はしなければと忙しく動きまわっているところへ、私服の警察官が二人きて、驚くようなことを口にした。

吉村はここのところおきていた、連続放火の被疑者としてマークされていたのだと。

そうなると、吉村はそれを察して、いち早く逃亡したということになる。にわかには信じられない話だったが、目撃者もいると、その警察官はいった。

二人の警察官は吉村の日頃の行動などを細かく聴きとり、

「何か連絡があったり、潜伏場所に思い当たったときにはすぐに連絡してください」

そういって店を出ていった。

「吉村さんが連続放火犯――」

輝久はぼそっと呟《つぶや》いてから、

「とにかく俺は、ハローワークに行って人材を確保してくる。このままでは店をつづけられない」

店を閉めて表に飛び出していった。

一人残された咲恵はあれこれと考える。

吉村がもし放火犯だとしたら、自分が原因なのかもしれない。自分は随分吉村に対して酷《ひど》いことをしてきた。そのウサ晴らしに放火――充分に考えられることだった。あの真面目な吉村なら。

しかし、よりによって克彦の命日にこんなことになるとは。といっても殊更《ことさら》特別なことをするわけではなく、ただ克彦のことを思い、静かに過ごすだけだったが……咲恵はうろうろと店のなかを歩きまわる。後悔と自責の念が咲恵の心を何重にもつつみこんでいる。イライラと考えつづけながら咲恵は歩きまわる。

そうだ、こんなときには。

咲恵は珈琲屋に行くことにした。あの頑丈で大きな手を目にすれば心も落ちつくかもしれない。出入口に鍵をかけ、咲恵は行介の店に向かって早足で歩く。

扉を押すと、ちょうど昼前ということからなのか店内に客は一人もいなかった。

大股でカウンターに近づき、丸椅子に素早く体を入れ、ブレンドと叫ぶようにいう。

「いらっしゃい、咲恵さん。今日は珍しいことがありましたよ」

日頃は仏頂面の行介の表情が今日は微妙に変化している。ひょっとしたら吉村のことなのかもしれないと身構えていると、

「ついさっきまで、咲恵さんの座っているその席に石橋さんがいらっしゃいました」

意外なことを口にした。

「それも、なんと石橋さんは、あのトレードマークのような髭を綺麗に剃って」

驚くようなことを行介は口にした。

「それで、石橋さんはどんな顔をしてたんですか」

勢いこんで訊くと、

「どんな顔といわれても何ともいえませんが、まあ、何というか二枚目の部類ですね」

「二枚目って、唇の形はどうでした。厚かったとか薄かったとか」

叫ぶような声を出した。

「そういう具体的なことをいわれても、ちょっと。それに石橋さんは十分ほどで帰っていかれましたから」

「十分ほどで！」

「その際、古賀さんと咲恵さんに対しての伝言を頼まれました」

「伝言ですか」

身を乗り出す咲恵に、

「そのときがきたから——そう伝えておいてくださいと頼まれました」

はっきりした口調で行介はいった。

そのときがきた……石橋にとってそのときとはと考えていて、あっと咲恵は叫び声をあげた。今日は克彦の命日だった。ひょっとしたらそのために。

そうとれないこともなかったが、これはあくまでも石橋が岡本だと想定してのことだ。

「それで、石橋さんはどこへ。公園の青テントに戻ったんですか」

「この町を出るといってました。何とかもう一度、別の町でやり直してみようと」

別の町でやり直す。あるいはそれが石橋のいう、そのときがきたということなのかもしれない。いずれにしても石橋はもう、この町にはいないのだ。そのときがきて旅立ったのだ。

このとき咲恵のなかで何かが外れた。

外れた音をはっきり聞いた。

それなら、自分にとってそのときとは。

石橋はどんな理由なのかはわからないが、やり直すためにこの町を離れた。それなら自分は……何もかも輝久に話してみようと思った。過去のあの悲しすぎる出来事をすべて。そして、闇に流された二人の子供をきちんと供養していこうと思った。

それが自分の、そのときなのだと。

そんなことを考えていると、

「熱いですから」

といってカウンターにコーヒーが置かれた。

つつみこむようにして口に運んだ。熱かったが優しい味だった。今までに飲んだ、どんなコーヒーより優しい味だった。

それにしても石橋は岡本だったのかどうか。今となっては確かめようはなかったが、どちらでもいいような気もした。

こくっとコーヒーを飲みこんだ。

「おいしいです、とても」

目の奥が熱くなっているのを咲恵は強く感じていた。

蕎麦の味

店のなかを見回すと客は三人。

昼時を過ぎたといっても、これでは、いくら何でも少なすぎる。典子は厨房のなかで思わず溜息をつく。

「どうかした、お母さん」

厨房前に立っている冬子が、そんな様子を見たらしく声をかけてきた。

「昔と違って、めっきり客が少なくなったと思ってさ」

声を落して典子はいう。

「そうね。確かにお客さんは昔に較べて減ってるけど」

宙を見上げながら冬子がいう。

亭主の周吉《しゆうきち》が脳出血で倒れて死んだのが今から四年前。そのときは途方に暮れたが、こんなことで負けてたまるかと、典子は二カ月ほど後には店を開けた。

出し汁をつくり、粉をこねて蕎麦を打つのは典子自身だ。周吉と共に数十年間『蕎麦処・辻井』の暖簾《のれん》を守ってきた自負もあったし、典子にはそれなりの自信もあった。が、結果は散々だった。

客の数はこのとき三割方減った。理由は味だった。旦那が死んで、辻井の蕎麦の味は三割方落ちた。これが当時常連客のいっていた言葉だった。

このとき冬子がこんなことをいったのを、典子は今でもはっきり覚えている。

「三割方味が落ちて、三割方客が減るのなら理屈はきちんと合っている」

なるほど、そんな考え方もあるのかと、妙に納得した気分に典子はなった。

しかし客はそれからも減りつづけ、今では周吉の生きていたころに較べて約半分になっていた。これ以上減れば死活問題になるのはわかりきっていた。

出し汁は周吉と一緒につくっていたから、味が落ちたということはないはずだ。問題は蕎麦の打ち方だった。

これはほとんど周吉一人でやっていたため見よう見まねの我流といえたが、典子にしても決して素人ではない。何度も試行錯誤を重ねて精進をし、それなりの蕎麦を出しているつもりだったが、去った客が戻ってくることはなかった。

「お母さんの蕎麦は、お父さんの蕎麦に較べてそんなに落ちるかい」

愚痴っぽく冬子にいうと、

「そんなことはないと思うけど。お母さんの蕎麦はお母さんの味で、お父さんの蕎麦はお父さんの味。それが違うだけなんじゃないかな」

簡単明瞭な言葉が返ってきた。

「すると、うまいまずいじゃなく、好みの問題だとお前はいうのかい」

「そう、好みの問題。だから、お母さんの蕎麦の味に馴染《なじ》まないお客さんだけが去っていったということじゃないかしら」

違うと典子は思った。これは自分を傷つけまいという冬子の思いやりだ。やはり、味は落ちている。生まれたときから蕎麦粉のなかで育ってきた周吉の腕に追いつけるはずがない。すべてはそういうことなのだ。

「何にしても」

冬子がふわっと笑った。

「親子二人食べていけてることは確かなんだから、それでいいじゃない」

そう、今はまだいいのだ。これ以上客足が落ちなければ。しかし、この先どうなっていくかはまったく予想もつかない。

「だけど、冬子――」

といいかけたところで、ざるを食べ終えた客がレジにやってきた。同じ商店街で青果店をやっている米沢《よねざわ》だ。米沢は典子と同年輩で、幼馴染《おさななじみ》である。

「うまかったよ、典ちゃん」

代金を払った米沢は、厨房にこう声をかけて出ていった。

「ほらね、お母さん」

励ますように冬子がいった。

「あんなのはお世辞だよ。町内会のつきあいもあるしさ」

内心は嬉しかったが、わざとぶっきらぼうに典子はいう。

「お世辞にしたって、根も葉もないことは誰もいわないわよ」

「だから、つきあいだって」

「つきあいにしたって、根も葉もないことはね」

冬子の口調はあくまでも柔らかだ。

「いうよ、つきあいは大事だからね。それぐらいのことはさ」

典子が憎まれ口を叩いたとき、新しい客が入ってきた。

「いらっしゃいませ……」

と威勢よく声をあげた冬子の語尾が少し掠《かす》れた。

入ってきたのは、DVに苦しんでいた夫婦間の争い事に冬子が巻きこまれてナイフで刺されたとき、緊急手術をしてくれた医師の笹森だ。近頃はよく店に顔を見せて蕎麦を食べていく。

「あっ、毎度ありがとうございます。笹森先生」

機嫌のいい声を出す典子に、笹森もていねいに頭を下げてくる。すぐに冬子が熱いお茶とオシボリを持っていく。

「天ぷら蕎麦、ひとつ」

厨房前に戻ってきた冬子が、妙に照れた声を典子に投げつけた。

やっぱり、あの噂《うわさ》は本当だ。笹森は冬子を好いていて、そのために足繁くこの店に通っているという……すでに結婚を申しこんだという噂もある。

典子はちらっと、冬子の横顔に目を走らせる。何となく頬《ほお》が上気しているような気もする。この調子なら、あるいは冬子も笹森のことを……。

蕎麦を食べ終えた笹森がお茶を飲んでいる。ゆっくりと飲みほしてから、

「冬子さん、お茶をお願いします」

上ずった声で呼んだ。

すぐに冬子が新しい茶碗にお茶を入れ、笹森のところに持っていった。何やら笹森が話しかけ、冬子もその前に座りこむ。典子の目には二人とも楽しそうに見えた。少なくとも、店の従業員と単なる客とのやりとりには見えなかった。

三十分近く二人は話をしてから、笹森が腰をあげた。二人一緒にレジの前まできて笹森は代金を払い、

「とても、おいしかったです。ここの蕎麦は絶品です、お母さん」

と声をかけ、ていねいに頭を下げてから店を出ていった。

「冬子」

と典子は声をかける。

「先生と何の話をしてたんだい」

さらっと訊いた。

「単なる世間話よ。昨日は手術を三度もやって大変だったとか」

冬子の言葉に、典子は笹森が優秀な外科医であることに改めて気がついた。そうなのだ。笹森は総合病院の外科医なのだ。

「世間話を三十分もしたのかい」

これもさりげなく訊いた。

「そりゃあ、他にも話はしたけど」

くぐもった声を冬子が出した。

「どんな話だい」

思わず身を乗り出す典子に、

「いろいろよ。なんで、そんな細かいことまで、お母さんに話さなきゃいけないのよ」

冬子の声が少し尖《とが》った。

「私はお前の母親なんだよ。だからね、親というのは子供が幸せになることをいちばん願っているからさ。たとえば結婚とか……お母さん、お前が再婚してくれたら、どんなに嬉しいか」

ふいに典子の目の奥が熱くなった。

こみあげるものがあった。

「それは……」

と短くいって冬子は視線を落した。

「間違ってるかもしれないけど、ひょっとしたら先生はお前を気に入って、それでこの店に通ってるんじゃないのかい。そういう噂もあちこちで聞いてるしさ」

「それは……」

冬子がまた同じ言葉を出して口を引き結んだ。

「それに、こんな噂も聞いてるよ」

典子はいったん言葉を切ってから小さく深呼吸をして、

「先生は、すでにお前に結婚を申しこんでいるという」

一気にいった。一気にいわなければ、言葉が逃げてしまいそうな気がした。

「結婚って……」

蚊の鳴くような声で冬子がいった。

「どうなんだい。これは私にとっても重大なことなんだから、本当のところを教えておくれよ」

胸の奥が騒《ざわ》ついているのが自分でもわかった。典子は本当の事が知りたかった。できれば肯定の言葉が。

どれほどの時間が過ぎたのか。

「申しこまれたわ」

ぽつりと冬子がいった。視線は下に向けたままだ。

「申しこまれたのかい！」

思わず大きな声が出た。

「それで、お前はなんて返事をしたんだい」

さらに身を乗り出した。

「保留――」

叫ぶように冬子がいった。

「それはどういう意味なんだい」

「そのまんまよ。しばらく待ってくださいって、笹森先生にいったってこと」

「ああっ」

と溜息が典子の口からもれた。

保留、保留と何度も胸のなかで呟《つぶや》くように言葉を出した。ふいに典子の脳裏に行介の顔が浮んだ。冬子は行介と一緒になりたかったはずだ。冬子は明らかにしなかったが、行介の出所に合せるように自ら事件をおこして婚家を飛び出したのは、そのためだったとも耳にした。

それならそれでいいと思っていたが、笹森が冬子に結婚を申しこんだということになれば話は違ってくる。

行介と笹森を較べれば、どちらがいいかは誰の目にも明らかだった。第一、行介に冬子と一緒になる気があるのかどうかさえわからない。そんな男を待っているなら、いっそ。

典子の胸は躍った。

冬子が笹森と結婚してくれれば、これ以上に嬉しいことはなかった。笹森には離婚経験があると以前冬子から聞いたことがあったが、それは冬子にしても同様のことだ。

「保留って、いったい、いつまで」

途切れ途切れに典子はいった。

「わからない」

低い声で冬子がいった。

このとき典子は行介に対して、殺意のようなものを覚えてとまどった。あれほど家族同然に仲よくしていた行介に、こんな気持を抱くとは。

目の奥の熱さは、いつのまにかきれいに消えていた。

幸いなことに冬子は店にいない。

典子は三時過ぎに店をいったん閉めて、外に出た。行介の顔を見るために『珈琲屋』に行くつもりだった。行介に会って、冬子をどうするのかをはっきり知りたかった。返事次第では腹を括《くく》って、全面的に笹森を応援するつもりだった。

久しぶりの行介の店だった。

木製の頑丈な扉をゆっくりと押してなかに入り、典子は一瞬棒立ちになった。カウンターの前に座っているのは冬子だ。当然予想される展開だったが、典子の頭からはそれが欠落していた。

「いらっしゃい、どうぞこっちへ」

という行介の声に導かれるように、典子は冬子の隣に腰をおろす。

「ブレンドでいいですか」

行介の声に典子は「はい」と答え、小さくうなずく。

「どうしたの、お母さん。この店にくるのって、開店以来じゃない」

驚いたような冬子の声に、

「そんなことはないと思うけどね。だけど久しぶりなのは確かだね」

典子はぼそぼそと答える。

「それで、今日はどうしてここへ」

冬子の訝《いぶか》しげな目が典子を見ていた。

「私だって、たまには、おいしいコーヒーを飲みたくなることはあるよ」

この時点で典子は、行介に冬子の件を質《ただ》すことを諦めた。側面からさりげなく攻めるより方法はなかった。

「熱いですから」

少しして典子の前に湯気の立つコーヒーが、そっと置かれた。そのときそれが目に入った。行介の右手だ。掌《てのひら》が醜く引きつっていた。これは火傷の痕だ。なぜこうなったのか理由はわからなかったが、行介の手にはふさわしい気がした。

「その右手は、どうしたの」

思いきって訊いてみた。

「お母さん」

冬子のたしなめるような声にかぶせるように、

「これは、天罰です」

はっきりした声で行介がいった。

「天罰ですか」

何となく納得した気分になり、典子はまだ見たこともない笹森の手を想像する。笹森は外科医なのだから、メスをしょっちゅう握っている。となると繊細な手。そういうことになるはずだ。

そんなことを考えながら、典子は目の前のコーヒーカップを両手で持ち、ゆっくりと口に運んで、そっと飲みこむ。熱すぎるほどのコーヒーだった。典子の感想はその一言につきた。蕎麦ならともかく、コーヒー通でもない典子に味のほうはわからない。

「おいしいね」

が、まずは誉めておくのがいちばん無難ではある。

「ありがとうございます」

行介は背筋を伸ばしてぺこりと頭を下げた。礼儀正しいのは好感が持てるが、笹森だって典子に対してはかなり礼儀正しい。ということは、この勝負は五分五分の引き分けか。

いつのまにか典子は行介と笹森を較べていた。

背の高さは二人共大体同じなのだが、行介は頑丈で笹森は細身――顔のほうも行介は浅黒くて男っぽいが、笹森は色白で端整ということになる。これはもう好みの問題だが、典子にしたら笹森に軍配をあげたい気持だった。

典子は小さく吐息をついてから、

「行ちゃんところのお店は、どうなんだい。はやってるの？」

はっきりした口調でいった。

「駄目ですね。見ての通りのありさまです」

申しわけなさそうな口調でいう行介の言葉に後ろを振り返ると、客はテーブル席に一人だけ。

「大変だ！」

典子は大袈裟な声をあげてから、一日の客の数などを細々と訊き、行介もそれに素直に答える。

「それだと食べていくのが精一杯で、なかなか余裕はないよね。それも一人で食べていくのが」

こう話す典子に我慢の限界を超えたのか、

「いいかげんにしてよ。お母さんはいったい何がいいたいの」

冬子が声をあげた。

「何がいいたいわけでもないよ。うちも不景気だから、行ちゃんのところはどんなものか知りたかっただけ。それだけだよ」

ぴしりという典子に、

「そうかもしれないけど」

わずかに頰を膨《ふく》らませる冬子を見ながら、自分は嫌な女になりつつあると典子は痛感する。だが、すべては冬子のためなのだ。そのためなら、どんなに嫌な女になってもいいと典子は思った。

そんな心の内を隠すように、典子は再びコーヒーを手に取って口に運ぶ。

飲みながら、典子の頭は忙しく回転する。収入面では笹森のほうが上――だが、そんなことは最初からわかっていたことだった。

笹森は総合病院の外科医なのだ。行介の店の売上をわざわざ訊かなくても、誰が考えてもわかることだった。ただ典子は、子供のころからよく知っている行介に対する様々な思いを断ち切るために、その事実を自分の耳ではっきり確認したかった。

「うちもね。これ以上お客さんが減ったら腹を括らないとと、考えてるところなんだよ、行ちゃん」

典子の言葉に冬子が敏感に反応した。

「それって、どういうことなの。何を考えてるの、お母さん」

「店を閉めるのも、ひとつの手かなって」

低い声でいった。

「店を閉めて、どうするの！」

「貯えと、わずかな年金で一人暮し――私も年だから、なかなか蕎麦を打つのも重労働だしね」

一人暮し――典子の切札ともいえる言葉だった。

「そんなの、嫌よ」

冬子が泣き出しそうな声をあげた。

「そんなことといったって、お客がこれ以上減ったらそれしか方法がないじゃないか」

「お客が減るのなら、それに合せた生活をすればすむじゃない」

「すまない」

はっきりと典子はいった。

「年寄りの一人暮しならともかく、親子二人の生活になれば赤字がどんどん増えて、貯えはすぐに底をつく。そうなる前に手を打ったほうがいいとお母さんは思うよ」

また一人暮しという言葉を出し、典子は視線を行介に向けた。

「行ちゃんはこの話、どう思う」

「俺は――」

行介は一瞬絶句してから、

「おばさんのいっていることは、もっともだと思います」

ぽつりといった。

が、一人暮しに対する言葉は、行介の口から何も出てこなかった。典子の胸にまた行介に対する殺意のようなものが湧いた。そして、自分はこの殺意を正当化させるために、この店にやってきたのではとも思った。

行介は殺人者だった。

殺意を抱いても不思議ではない人間だった。

そんな過去を持った人間に、冬子を嫁がせることなど絶対に無理だった。重すぎる過去だった。その過去は行介がすべて負うもので、冬子と二人で背負うものではない。冬子は典子にとって、大事な一人娘だった。かけがえのない子供だった。いくら相手が行介だといっても殺人者と一緒にさせるわけにはいかなかった。

「減らないわ」

突然、冬子が声をあげた。

「お客の数はこれ以上減らない。私はそう思う。絶対に減らない」

何の根拠もないことを、冬子が大声でいい放った。

「そうなると、いいね」

笑みを浮べながら、客の減ることを願って典子はコーヒーをゆっくりと口に運んだ。苦い味だった。

珈琲屋での一件があってから、典子と冬子の間は何となくぎくしゃくしているが、典子はさほど気にしていない。冬子の怒りの限度は一週間、あと三日もすれば収まるはずだった。

冬子が小学三年のとき、こんなことがあった。

夏休みのある日。何とか日程を算段して、家族みんなで泊りがけで海に行く計画をたてた。ところがその前日、親戚に不幸があり計画はとりやめになった。

このときも冬子はしばらく膨れっ面でいたが一週間ほどしてから、

「夏休みじゃなくて、冬休みになってから行けばいいのか」

こんなことをいって、あっさり機嫌を直した。妙なところで辻褄を合せる癖が冬子にはあった。

この事件には後日談があって、冬休みになると「約束通り、海に行こ」と冬子はいい出し、冬の海への家族旅行となった。

小さいころは一事が万事、こんな調子だったが、さすがに大きくなってからはこんな極端なことはなくなった。

三日後——やはり冬子の機嫌は直り、何事もなかったように話しかけてきた。

「ね、お客さん、減らないでしょ。今日のお昼だってそこそこ来てくれたじゃない」

確かに、客足はこれまでと大して変っていない。ただ、あれからまだ一週間しか経っていない。それに、客の数だけ減って冬子が今のままでは典子は困るのだ。冬子には、笹森とそれなりの約束をしてもらわなければ。

それから数日後。

「明日の夜、ちょっと出かけてくるから」

と冬子がいい出した。

「出かけるって、どこへ」

怪訝《けげん》な思いで訊く典子に、

「うん、ちょっと」

冬子は口を濁していわなかったが、何か感じるところがあって典子はしっこく問い質した。

とうとう冬子が根負けして重い口を開いた。

「笹森先生と一緒に食事に行くだけ。何度も誘われてたから、断るのも悪いと思って」

予感は当たった。あるいはという気持が典子にはあった。冬子は何度も誘われたから悪いといったが、嘘だと思った。何度誘われようと嫌なものは嫌。そのあたりのことは、はっきりした娘だった。

その夜、冬子が家を出たのは夜の七時過ぎ。服装はいつもの冬子よりは、気を遣ったものだった。

期待に高まる胸を抑えながら、何度も時計を見て帰りを待つ典子の耳に、裏口の扉が開く音が聞こえたのは十一時近くだった。かすかな足音がして、冬子はそのまま二階の自室に入っていった。

訊くのは明日だ。


昼時を過ぎて店が一段落した後、典子は何気ないかんじで話を切り出した。

「昨日は何時頃、帰ったんだい」

「十一時頃だったかな」

さらっと冬子がいった。嘘のない言葉だった。

「で、どうだったの」

「どうだったって、何が」

いつもと変りのない表情で冬子はいう。

「それは……」

典子は一瞬言葉を濁す。

「つまり、楽しかったかどうかといったような」

恐る恐る口に出すと、

「それなりに、楽しかったわよ」

素気《そっけ》ない口調で冬子はいって、ちらりと横目で典子を見た。

これは危険信号だ。これ以上は何も訊くなという意思表示なのは、典子にはよくわかっていた。しつこく訊けば必ず機嫌は悪くなる。

しかし、得るところはあった。

あの素気ない口調と、いつもと変りのない表情だ。冬子の性格からいえば、素気ない口調は、何か変ったことがあったことを示している証拠だ。そして、いつもと変らない表情はそれが嫌ではなかったことを表している。嫌なことであれば、必ずそれが顔に出るはずだった。

ということは、嫌ではないことで何か変ったことが、笹森との間で昨夜あったのだ。それが何かはわからなかったが、何か好ましいことであるのは推測できた。典子はそれが何であるか、むしょうに知りたかった。だがこれ以上、冬子に訊くわけにはいかない。残る方法はたったひとつ。直接笹森に会って……。

典子の本音だった。昨夜のことはもちろん、笹森の素直な気持が知りたかった。それには笹森自身に会って話すのがいちばんだったが、冬子に内緒で家を空けるのはかなり難しかった。たった二人の家族なのだ。そんなことをすればすぐにわかる。

典子は頭を抱えた。

何かいい方法はないかと知恵を絞ってみたが、何も浮ばなかった。あとはまず、今度笹森が店にきたとき、二人の様子を観察するしか術《すべ》はなかった。

笹森はなかなか店に姿を現さなかった。

イライラした気分で典子は数日を過ごしたが、やはり笹森は姿を見せない。

五日目の昼過ぎ、思いきって典子は冬子に向かって口を開いた。

「このところ、笹森先生、お見限りでなかなかこないね」

冬子の答えは簡単明瞭だった。

「学会があって、帰ってくるのは今夜遅くだといってたけど」

呆然とした。その次に何となく腹が立ってきた。

「それならそうで、ちゃんといってくれればいいじゃないか」

思わず文句が飛び出した。

「えっ、なんで、お母さんに、そんなことをいわないといけないの」

呆気《あっけ》にとられた表情で、冬子が典子を見ていた。もっともな話だった。訊かれもしないのに、そんなことをわざわざいう必要は冬子にはまったくない。

「それは、お前のいう通りなんだけど。何だか、いつも顔を見せる人がこないっていうのも気になってさ。それにお母さんも年だから、気が短くなっているというか、先がないっていうか。だからね……」

いいわけがましく典子はいうと、

「大丈夫よ。お母さんはきっと、百まで生きるから」

憎らしいことを、あっけらかんと冬子はいった。

「そんなことはないけど――とにかく、先生がくるのは早くて明日の昼ということになるね」

焦ってはいけないと、典子は何気なく言葉を出す。

「早ければね」

何でもないことのようにいって、冬子はテーブルを片づけに向かう。典子は恨めしげな表情で後ろ姿を追って、小さな溜息をついた。

笹森が姿を見せたのは典子が推測した通り、翌日の昼、二時を過ぎたころだった。

「ご無沙汰しました。ちょうど学会があって新潟のほうへ行ってましたので」

笹森は厨房の前までやってきて、冬子にではなく、わざわざ典子に向かって紙包みを差し出した。

「名前が笹森というわけではありませんが、笹団子です。よろしかったら、召し上がってください」

照れたように顔を崩した。

「あっ、これは。ごていねいにありがとうございます。本当にありがとうございます」

典子は恐縮した顔で包みを受けとり、何度も頭を下げた。

「将を射んと欲すれば、先《ま》ず馬を射よ」

そんな言葉が頭のなかに浮びあがったが、よくよく考えれば、冬子と典子が一緒にいれば年長者にみやげ物を渡すのは普通のことだと気がついた。しかし何にしても、これで自分と笹森の距離は近づいた。

「じゃあ、冬子さん。僕はいつものように天ぷら蕎麦で」

笹森はこういって、空いている席に向かって腰をおろした。といっても、店内にいるのは米沢だけで他に客の姿はなかった。

その米沢が声を張りあげた。

「典ちゃん、よかったね。いよいよ冬ちゃんも年貢の納め時ってとこかな。そんな匂いが、ぷんぷんするな」

そういわれても典子は困る。何がどうなっているのかさっぱりわからないというのが今の状況なのだ。とにかく先日の夜、二人の間に嫌なことはなかった。あったのは……それだけは推測できた。

「はあい、何だかよくわからないけど、ありがとうね、米沢君」

声を張りあげて冬子を見るといつもと同じ顔だ。米沢の言葉に特段腹を立てている様子もない。ほっとした気持で典子は手にしていた笹団子の包みを、棚の上に大事そうにそっと置く。

変事はこの後、おこったのだ。

「大丈夫かしらね、米沢君」

落ち着かない声で典子はいった。

「何ともいえないけど、ちょうど店には笹森先生がいたから」

ほっとしたような声で冬子がいう。

「そうだね。先生が居合せてくれて、本当によかったね。一時はどうなるかと思って気が動転してしまったけど、先生がいたから本当に」

まくしたてる典子に、

「先生の連発ね」

睨《にら》むような目をして冬子がいった。

「そんなことはないけど——先生がいて助かったことは確かだから」

思わず声が上ずった。

「それはそうだけど、今は先生よりも米沢さんの容体のほうが大事。米沢さんは、お父さんが亡くなってからもこの店にずっと通いつづけてくれた、大切なお客さんなんだから」

ぴしりとした調子で冬子がいった。

「もちろん、そうだよ。今いちばん大切なのは米沢君の容体にきまってるよ。そんなことは百も承知だよ」

いってから典子は肩をすとんと落とした。

つい三十分ほど前のことだった。

それまで機嫌よくざる蕎麦をすすっていた米沢が胸をかきむしって苦しみ出した。顔面は蒼白で、食べていたものを床に吐きちらした。

すぐに笹森が米沢に近寄り、脈を診てからケータイを取り出して救急車を呼んだ。救急車は五分ほどで到着し、

「心筋梗塞の発作です。うちの病院に運びますから」

笹森は叫ぶようにいい、自身も救急車に乗りこんで辻井を後にした。

典子は店を閉め、米沢の家族に事の次第を連絡してから、テーブルの前に冬子と座りこんで動けずにいた。他人のこととはいえ、人が店のなかで倒れたのだ。しかも典子の幼馴染で、店の常連客だった。

「うちで倒れたんだから、先生から容体がどうなったか、連絡ぐらいあるよね」

呟く典子の顔を、じろりと冬子が睨んだ。

「これでも、心配してるんだよ。米沢君は幼馴染だし」

低い声で典子がいったとき、かすかなメロディ音が聞こえた。あれはケータイの着信音だ。冬子のポケットのなかだ。多分、笹森からだ。

ケータイを取り出し、冬子が耳に押しあてて店の隅に歩いていった。別にこの場で応対すればいいのにと思いつつ、典子は冬子の後ろ姿を凝視する。

冬子はすぐに戻ってきた。

「やっぱり、心筋梗塞だったみたい。米沢さんは今手術室でカテーテルとかいう手術を受けてるらしいわ」

抑揚《よくよう》のない声で冬子がいった。

「手術を受けているのかい。笹森先生がやってるのかい」

典子は身を乗り出す。

「先生が手術しているなら、電話できるわけないでしょ」

怒ったような調子で冬子がいった。

「それはそうだね。お前のいう通りだ」

「結果が出たらまた知らせますけど、多分大丈夫でしょうっていってたから、心配はないみたい」

文章を読みあげるように冬子はいった。

「何だよ、それを早くおいいよ。いちばん肝心なことなんだからさ」

「肝心なことはいちばんあと——世の中の常識はそうなってるから」

冬子はしらっといい、

「お見舞いは、二、三日あとがいいでしょうって、最後にいってたわ」

それまで手にしていたケータイを、すとんとポケットに落しこんだ。見舞いの指示までしてくるぐらいだから、おそらく本当に大丈夫なのだ。典子は大きな吐息をひとつついた。


昼の忙しい時間帯が過ぎてから、いったん典子は店を閉め珈琲屋に向かった。

今日もまた冬子が、カウンターの前に座っているのではと何となく気後れを感じながら扉を押した。奥を見渡すとカウンターに冬子の姿はなく、その代りに『アルル』の島木が座っていた。

「これは、辻井のおばさん。お久しぶりです」

島木は鷹揚《おうよう》な声をあげて、隣の席を典子にすすめた。

「島木さん、元気そうで何よりだね」

典子は、今日も冬子のことを行介に質すのは無理かもしれないと思いながら、島木の隣に腰を落ちつける。

「ブレンドで、いいですか」

行介の声に小さくうなずくと、

「そうそう、昨日、米沢さんが店で倒れたそうで。大丈夫ですか」

島木が声をかけてきた。

「ちょうど笹森先生が店にきていて適切な処置をしてくれてね――それに後から冬子に連絡があって、手術のほうも無事に終ったから心配はいらないということで、私もほっとしているところ」

「ほうっ、笹森先生が冬ちゃんに連絡をしてきましたか。それは何といったらいいのか、いいことなのか、悪いことなのか」

押し殺した声を島木が出した。

「それはいいことですよ。何といっても冬子もいい年ですから、ああいう人に仲よくしてもらうということは」

思いきって口に出し、ちらっと行介のほうを見るが、コーヒーを淹《い》れることに専念していて表情には何の変化も見られない。

「ということは……あるいは二人は結婚することになるかも。そういうことなんでしょうか」

いいながら島木の視線も行介に注がれているようだが、表情にはやはり何の変りもない。

「それはわからないけど、先日二人は仲よく食事にも行ってきたようだから」

正直にいうと、えっという声があがった。行介ではない。島木の口からだ。真底驚いたような表情を浮べている。

「二人で食事ですか」

言葉を繰り返してから、

「おい、行さん。冬ちゃんは先生と仲よく食事だってよ」

怒鳴るようにいった。

「熱いですから」

典子の前に湯気のあがるコーヒーが置かれた。

「おい、行さん」

島木がまた声をあげた。

「食事ぐらいは行くだろう。先生はいわば、冬子の命の恩人なんだから」

低い声で行介がいった。感情を押し殺した声に聞こえた。

「だけど行さん」

切羽つまったような声を島木が出した。

「島木、場をわきまえろ」

行介のぴしりとした声が飛んだ。

「ああ……」

島木は掠れた声を出し、

「俺にコーヒーのお代り」

わずかに残ったコーヒーを飲みほした。

典子はそろそろとカップのコーヒーを喉の奥に飲みこみ、サイフォンをセットする行介の手に目をやる。筋《ふし》くれだった大きな手だった。行介はこの手で……。

典子は手にしたカップを皿に戻しながら、ふと自分の手を見る。行介の手に似ていた。女にしたら大きな手だった。指も太い。しかしこれは長年の仕事のせいで、行介の手とはまったく種類が違う。一緒にするわけにはいかない。

島木の前に新しいコーヒーが置かれた。

湯気の立つコーヒーカップをじっと見つめながら、

「おばさんはやはり、冬ちゃんは笹森先生と一緒になったほうがいいと思ってますか」

妙に明るい声で島木がいった。

「そうなってくれたらとは……」

視線を落していうと、

「相手が医者で、地位も収入もしっかりしてるという理由からですか」

島木が思いきったことを訊いてきた。

行介のほうに目を走らせると、宙を睨んで視線を動かそうとしない。

「そこまでは考えていないけど、生活が安定していることは事実だから」

「それは冬ちゃんのためですか、それともおばさんのためですか」

妙なことを島木がいった。

典子はこの言葉の意味がわからなかった。

「冬ちゃんの生活が安定するということは、おばさんの生活も安定するということです」

典子はあっと胸の奥で叫んだ。そんなことは今まで考えたこともなかった。

「島木、言葉が――」

行介の声にかぶせるように、

「もちろん、冬子のためにきまってるじゃない。もし二人が一緒になったとしても、援助してもらおうなんて爪の先ほども考えてないわよ。私は一人で、わずかな貯えと年金で暮していくつもり」

典子は一気にいった。

「いいすぎました。申しわけありません。この通り謝ります」

島木が頭を下げたところで、ちりんと扉の鈴が鳴って誰かが店に入ってきた。

「お母さん、きてたの」

冬子だ。

真直ぐカウンターの前まで歩いてきて、典子の隣に腰をおろした。

「近頃、よくくるのね」

やや尖った口調でいう冬子に、

「よくったって、この前と今日の二度じゃないか」

「つづけて二度というのは、多すぎるわよ。これまで顔も見せなかったのに」

「私だって、たまにはおいしいコーヒーが飲みたくなることもあるっていったでしょ」

典子の言葉が終ると同時に、

「ブレンドでいいな、冬子」

行介の柔らかな声が響いた。

「うん」

とうなずく冬子の声も柔らかだ。

行介の太い指がアルコールランプに火をつける。ふうっと典子は深呼吸をするように深く息を吐いた。

「冬ちゃん。笹森先生と二人で、食事に行ったんだって」

島木がぽつりと訊ねた。

「えっ」

ちらっと冬子が典子の顔を見る。

「行ったわよ、二人だけで。何度も誘われてるからたまにはね」

落ち着いた調子で冬子はいう。

コーヒーを淹れている行介が冬子を見た。

「楽しかったのか」

島木の追及がつづく。

冬子の目が行介の視線をまともに受けた。

「楽しかったわ」

よく通る声で冬子はいった。

先日典子が訊いたとき、冬子はそれなりに楽しかったといったはずだ。その、〝それなり〟が抜けていた。

「そうか、楽しかったのか。それは大いに困ったな」

島木が腕をくんで行介の顔を見た。

「熱いから、気をつけてな」

冬子の前に湯気の立つカップが置かれた。

行介の声は穏やかだった。


時間は午後三時ちょっと。

病院の受付の前で典子は迷っている。

先に笹森を訪ねたほうがいいのか、それとも米沢の見舞いをすませてからにしたほうがいいのか。いずれにしても、米沢が倒れたことで典子は何の気兼ねもなく笹森に会うことができる。会う口実は充分すぎるほどなのだ。それにしても、いったいどちらを先にしたほうが……。

と、考えていて、笹森は忙しいはずだから、そちらを先にしたほうが無難だという結論に落ちついた。体が空いていなければ、米沢の見舞いのあとということにしてもらってもいい。まずは笹森だ。

受付に行き、笹森に会いたい旨を伝えると、

「どのような、ご用件でしょうか」

受付の女性が訊いてきた。

「あっ、お礼といいますか、感謝といいますか」

「——この時間帯ですと笹森先生はもうすぐ会議のはずですから、そのようなご用件では」

胡散《うさん》臭いものでも見るような目を向けてきた。

「会議というと、何時頃に終るんでしょうか」

恐る恐る典子が訊くと、

「長引くと思いますよ。ですから今日のところは」

そういって、受付の女性は視線を典子の顔から手許《てもと》に移した。

「あの、少しの時間でいいんです。商店街の辻井がきたといってもらえば、わかると思うんです。とにかく取りついでいただけますか。辻井がきたといってもらえれば、笹森先生は――」

必死の面持ちで典子はいった。

医者に会うのに、これほど苦労するとは考えてもみなかった。

「商店街の辻井さんですか――じゃあいちおう伝えてはみますけどね」

受付の女性は硬い声でいって電話をかけ始めた。

「はい、年配の女性です、辻井さんという」

そんなやりとりが聞こえてきた。

電話が終り、受付の女性は不思議そうな表情を典子に向けた。

「あの、お会いになるそうです」

そら見ろという気持が、典子の胸に湧きおこる。

「こちらにいらっしゃるそうですので、少しお待ちくださいとのことです」

受付の女性の怪訝な表情は変らない。

少しして長身の笹森がロビーに現れた。

真直ぐ受付まで歩いてきて、

「これはお母さん。わざわざこんなところまできていただきまして、本当にありがとうございます」

腰を折るようにして頭を下げてきた。

「さあ、どうぞこちらへ」

手を差し出して典子を誘った。

ちらっと受付の女性を見ると、ぽかんとした表情で見ていた。何となくいい気分だった。

笹森が典子を招き入れたのは来客用の応接室だった。

ゆったりとしたソファーに座る典子の前のテーブルに、若い女性がお茶を持ってきて置いた。いい香りがした。

「お忙しいところを申しわけありません。米沢さんのお見舞いかたがた、先生にお礼をいっておきたいと思いまして」

頭を下げる典子に、

「お礼なんてとんでもない。医者として当然のことをしただけで。それに、救急車の手配をしたぐらいですから、あまり気になさらないでください」

笹森は顔の前で手を振る。

「いえ。あのときは私たち、ただ気が動転して、どう動いたらいいのかもわからなくて、本当にありがとうございます」

「いやいや、本当にそんなことは」

笹森は苦笑しながら、

「それで、米沢さんのお見舞いのほうは、もう……」

優しげな目を向けてきた。

「まだ、これからなんです」

恐縮した口調で典子がいうと、

「お元気ですよ。お話も充分にできるはずです。といっても、今後のこともありますから即退院というわけにはいきませんが。あと一週間ぐらいはここにいてもらうつもりです」

微笑みながら笹森がいった。

「はい、よろしくお願いします」

頭を下げながら、典子は次の言葉を忙しく考える。米沢の無事が確認できれば、次は冬子のことだ。これが肝心なのだ。

「あの、先生――」

と声を出したところで扉がノックされて、お茶を持ってきた女性が顔を出した。

「先生、会議が、もう始まっていますけれど」

心配そうな口振りでいった。

「ああ、わかってる。すぐに行くから」

笹森は女性に向かって小さくうなずき、

「さあ、どうぞ、お母さん」

典子の言葉をうながした。

「あの、会議は……」

「いいんです。優先順位でいけば、会議よりお母さんのほうが上ですから」

「あっ、そうなんですか」

上ずった声を典子はあげる。

「もちろんです。ですから遠慮なさらずに話してください」

真摯《しんし》な目が典子を見ていた。

「実は冬子のことなんですが」

「はい」

笹森の背筋がすっと伸びた。

「先生は冬子のことを……」

掠れた声でいうと、

「好きです、大好きです」

すぐにはっきりした声が返ってきた。

「ということは、あの、結婚とか、そういうことも」

つかえつかえいった。

「もちろん考えていますし、すでにその思いは冬子さんにも伝えてあります」

「それで、冬子は何と」

典子は思わず身を乗り出す。

「保留と、ただそれだけ」

悔しそうな表情を笹森は浮べた。

保留——先日冬子から聞いた言葉と同じだった。やっぱり保留なのだ。冬子はありのままをいったのだ。だが、保留ということはまだ脈がある——そういうことでもあるはずだ。

「すみません、もうひとつ、お訊きしたいことが」

典子は恐縮したような表情を浮べ、

「先日、冬子と一緒に食事に行かれましたよね。そのとき何か特別なことはなかったですか」

「特別なことですか——そのことで冬子さんは何か？」

「あの子は、いろんなことをいう性格じゃないですから」

「そうですか……特別なことといえば」

笹森はふと遠くを見つめるような顔をして、

「キスをしました。帰るときに」

申しわけなさそうにいった。

ちょうど別れぎわだったという。笹森はふいに冬子を抱きしめて唇を寄せた。密着させた。抗いはしなかったものの、冬子はやんわりと笹森を押し戻し、

「まだ、駄目です」

といって、笹森を残して帰っていったという。

だが、あの夜、冬子の機嫌は決して悪くなかったはずだ。

「すみません。あの子は小さなときから変ったところがある子なので、帰ったといっても決して悪気はないはずですから」

弁解がましく典子がいうと、

「変ったところって、たとえばどんな」

今度は笹森が身を乗り出した。

「そうですね」

といって、典子は夏休みに行けなかった海への家族旅行を冬に敢行《かんこう》した話を、笹森に聞かせた。

「夏の海が冬の海ですか。それは大変だったですね」

面白そうにいってから、笹森はふいに押し黙った。

「ということは、僕にもまだまだ勝算はあるということですね、お母さん」

少しして笹森は嬉しそうな声をあげるが、典子には何のことかわからない。

「冬子さんの胸のなかには今、宗田さんが居座っています。悔しいことですが、これは紛れもない事実です」

「はい」

としか典子には答える言葉がみつからない。

「でも、夏の旅行を冬に敢行した冬子さんの性格なら宗田さんの代り——もっとはっきりいえば、代用品として僕が冬子さんと結婚するという展開も充分に考えられるはずです」

「行ちゃんの代用品ですか」

呆気にとられて典子はいう。

「残念な話ですけど仕方ありません」

絞り出すように笹森はいい、

「というより、冬子さんは今、僕が宗田さんの代りになり得るかどうか、迷っている真最中なのじゃないでしょうか。それを保留という言葉で——ですから、あと一押し。一押しすれば冬子さんは僕の結婚の申し入れを承諾するはずなんです」

一気に後をつづけた。

「あの……」

典子は遠慮ぎみに声を出した。

「先生は、代用品でもいいんですか」

「構いません。嬉しいことじゃないですけど、冬子さんと一緒になれるなら僕はそれでもいいと思っています」

そこでまた扉がノックされ、先ほどの若い女性が顔を覗かせた。

「先生、会議のほうが」

切羽つまった声を出した。

「わかってる。今、大事な話をしているんだ。終り次第行くから」

笹森の叫ぶような声が飛んで、若い女性は慌てて扉を閉めた。

「結婚と恋愛は違うと僕は思っています。恋愛は愛しあう者同士でないと無理ですが、結婚はそうとは限りません。妥協点が恋愛よりはるかに多いのです。一緒に暮せば少なくとも情というものは生れてくるはずで、情は愛の親戚のようなものです。まして相手は変り者の冬子さんで、僕のほうは冬子さんを心の底から愛しています。最初は代用品でも、いつかは必ず……そうは思いませんか、お母さん」

強い口調で笹森はいった。

「はあ、それはもう」

典子は首を縦に振る。

「すみません、子供のような理屈をこねて。でも、今いったことが僕の正直な気持です。嘘偽りはありません」

きっぱりと笹森はいい、

「必ず冬子さんを幸せにします。もちろん、お母さんも」

こんなことを口にした。

「えっ……」

「冬子さんとお母さん、僕は必ずお二人を幸せにするつもりです」

そういうことなのだ。冬子が笹森と結婚するということは、母親の自分にも恩恵がある……島木も同じようなことをいっていた。しかし自分はそんなことはと考えてみて、本当にそうだろうかと典子は思いを巡らす。

行介と冬子が一緒になれば、冬子はむろん、自分にとっても荊《いばら》の道になることはわかりきっていた。だが笹森が冬子と一緒になればそんなことは……そのあたりのことを自分は無意識に計算していたのではないか。いや、そんなことはない。自分は純粋に冬子の幸せを願って。典子は軽く首を振りながら自問自答を繰り返す。

「どうかしましたか、お母さん」

怪訝な目で笹森が見ていた。

「いえ、何も。それじゃあ私はこのあたりで失礼します。先生もお忙しそうですし、このあたりで」

ゆっくりと典子は立ちあがる。

「僕のことならいいですよ。どれだけでもおつきあいしますよ」

「そんなことは、とても」

いいながら典子は疲れきっている自分を感じていた。冬子の幸せといいながら、ひょっとしたら自分は計算高い女。そんな気がしないでもなかった。

「じゃあ、先生。頑張ってくださいね」

丁寧に頭を下げた。

「ありがとうございます」

笹森も深々と頭を下げた。

今日はこのまま帰って、米沢の見舞いは明日また出直そうと思った。これから米沢の病室を訪れても、なおざりな言葉しかかけられないような気がした。幸い見舞品は洋菓子だった。明日でも大丈夫なはずだ。

次の日——。

典子は真直ぐ、米沢の入院している病室に向かった。冬子には昨日、運悪く米沢に会うことができなかったので、今日もう一度出かけてくるといってあった。術後それほどたっていないからなのか、米沢はまだ個室にいた。ちょうど付き添いも帰ったらしく、気兼ねなく米沢と話をすることができた。

「すまんな典ちゃん。あんなとこで倒れちまってよ」

ベッドに半身を起こして、米沢はいかにも申しわけなさそうにいう。

「倒れる場所に、いい悪いなんてことはないから。そんなこと気にしなくていいよ、幼馴染なんだしさ。だけど、本当に元気そうでよかったね」

にこやかにいう典子に、

「みんな、笹森先生のおかげだよ。あの先生がてきぱきと動いてくれて。身内に医者がいるっていうことは、ありがたいことだよな」

とんでもないことを米沢はいった。

「身内って何よ」

「笹森先生は冬ちゃんに首っ丈。あとは冬ちゃんがうんというだけだから、もう身内も同然じゃないか。何にしたって、周りに医者がいるってことは俺たち年寄りにしたら、本当にありがたいことだからよ」

「それは、そうだけど……」

「これで典ちゃんも肩の荷がおりるんじゃないか。相手は高収入の先生。幸せだねえ、典ちゃんは。海外旅行にでもどこにでも、行き放題だなあ。バラ色の老後だなあ」

そういうことなのだ。世間は冬子と笹森の結婚をそう見ているのだ。仕方がないといえば仕方がないが……そして自分自身もひょっとしたら。

「冬子は小さいころから変っていたから、もしかしたらね」

「もしかしたら、何だよ」

米沢は怪訝な表情を浮べ、

「あっ、行ちゃんか、珈琲屋の。だけど行ちゃんは……誰がどう考えても笹森先生のほうがいいよな」

視線を典子から外していった。

そう、誰がどう考えても結婚するなら笹森のほうがいいにきまっているのだが、きめるのは変り者の冬子なのだ。

「まあ、その話はそれとして。私、米沢君にちょっと訊きたいことがあるんだけど」

典子は話を変えることにした。

「うちの蕎麦なんだけどね。主人が亡くなってから、やっぱり味は落ちてるのかな」

これも大事なことだった。折りがあったら米沢に訊いてみようと思っていたことだ。

「蕎麦の味か」

仏頂面《ぶっちょうづら》で米沢はいい、

「落ちたよ。まちがいなく味は落ちたよ」

ずばりといってのけた。

予想していた答えだったが、やはり胸が疼《うず》いた。

「じゃあ、もうひとつ訊きたいんだけど、味が落ちたのに店に通ってくる客って、いったい何なんだろうね。わざわざ、まずい蕎麦を食べに」

睨みつけるように米沢を見た。

「わかってないなあ、典ちゃんは。味っていうのは二種類あるんだよ。料理の味と店の味と」

意外なことを米沢は口にした。

「確かに周吉さんが亡くなり、典ちゃんが蕎麦を打つようになって味は落ちた。だが辻井という店の雰囲気が変ったわけじゃない。味が落ちようが何をしようが、辻井という店の蕎麦に変りがあるわけじゃないからさ」

「辻井という店の味……」

「そうだよ。だから、蕎麦の味だけにこだわっている連中はこなくなっただろうけど、辻井という蕎麦屋が好きな連中は、ちゃんと顔を見せてるはずだよ。だから、何も心配することはないよ。典ちゃんの打つ蕎麦は、多少味が落ちても辻井の蕎麦なんだから」

味は落ちても、自分の打っているのは辻井の蕎麦。

典子のなかで何かが外れた。

その音をはっきり聞いた。

冬子が行介を忘れられない理由が、おぼろげながらわかったような気がした。何があろうと行介は行介。他の何物でもないのだ。味が落ちても辻井の蕎麦は辻井であるように。そういうことなのだ。

米沢の病室を出て、ロビーを歩いている典子の目に見知った人間が映った。

冬子だ。

「どうしたんだい、冬子。お前も米沢さんのお見舞いかい」

思わず声をかけた。

「私までお見舞いにきたら、かえって米沢さん恐縮するんじゃない」

「じゃあ、何のためにこんなところまで。まさか笹森先生に会いに？」

素頓狂《すっとんきょう》な声をあげると、

「違うわよ。そこまで私は図々しくないわよ。強いていえば、お母さんのお見舞い。そんなところかな」

妙なことをいった。

「私のお見舞いって、それは」

「この間から何だかお母さん、妙にばたばたして、私と笹森先生の間を取りもとうとしているようだったから。ひょっとしたら、米沢さんのお見舞いにかこつけて笹森先生に会ってるんじゃないかと思ってね。悪知恵を授けるために。でも、どうせ、成るようにしかならないから、そういうことはやめるようにと思って」

「会ってないよ。米沢君のお見舞いだけだよ」

本当のことだ。笹森と会ったのは昨日だ。

「それに私は笹森先生と行ちゃん——お前が誰と一緒になってもいいと思ってるから、笹森先生に悪知恵なんて授けるわけないよ」

自分でもびっくりするような、意外な言葉が飛び出した。

「えっ、お母さん、そんなふうに思っていたの。私はてっきり……」

「てっきり、何だよ」

「別にいいけど。へえっ、そうなんだ」

「そうだよ、私はお前が幸せなら、どういうふうになってもいいと思ってるよ」

何でもないことのように典子はいい、

「そうだ、冬子。帰りに珈琲屋に寄っていこうか」

弾んだ声を出した。

「行ちゃんとこへ……何しに？」

「コーヒーを飲むためにきまってるじゃないか。行ちゃんにしか出せない味を楽しみにさ」

「どうかしたんじゃないの」

顔を覗きこむ冬子に、

「どうもしやしないよ。それから、客が減っても店は閉めないよ。体が動く限り店はやるから。もっとも、客の数はもう減らないと思うけどね」

先に立って典子は歩き出した。

ふと自分の手に目をやった。

行介と同じ手だと典子は思った。

宝物を探しに

空咳《からぜき》をひとつした。

草平《そうへい》は智美《ともみ》の顔にちらっと目をやりながら、食卓の前からゆっくりと立ちあがる。

「じゃ、店番してくるから」

低い声でいって、そそくさと店に向かう。

近頃、智美は機嫌が悪い。顔をつき合せていると、ろくなことはない。店にいるのがいちばん無難だ。腕時計に目を走らせると、十二時十分。一時から夕方の五時まで智美は近所のスーパーにパートに行くため、それまでは小言をいわれることはない。

古びた六畳の茶の間からドアを開けて草平は店に入る——。

とたんに胸が高鳴る。

そこはまさしく別世界。草平にとっては理想郷、非日常の世界で何時間居ても飽きない場所だった。

八坪ほどの空間に頑丈な造りの書棚が並び、そのなかに納まっているのは古びた本である。

そう、売っているのは古本——しかし、店の雰囲気は重厚そのもので、かなり凝《こ》った内装といえた。通りに面した窓には極彩色のステンドグラスがはめこんであるし、出入口の扉は花模様の額縁のついたオーク材で、いかにも重そうだ。

格子状になった天井にはこれも花模様の額縁があしらってあり、床に貼られているのは板煉瓦。一見するとヨーロッパの古い家の一室のようだ。

古書店には珍しい造りだが、これが草平の好みなのだから仕方がない。といっても店主の草平はまだ二十九歳、妻の智美は、ふたつ年上の三十一歳だった。

重厚な店内を見回す草平の頬《ほお》が思わず緩む。それから、奥にどんとおいてある、カウンター代りの大きな机の前にゆっくりと座る。長さ百八十センチはある年代物のマホガニーの机で、どうやらこれはヨーロッパで造られた物のようだ。

草平が机の前に座って二十分ほど経ったとき、奥からつづくこれも花模様の額縁のついたオーク材の扉が開き、智美が出てきた。

「行ってくるから」

と草平に低い声をかける。

「あっ、行ってらっしゃい、気をつけて。俺は商売に一生懸命励むから」

明るい声を草平は出す。

「本当にそうしてほしい、本当に……」

智美は呟《つぶや》くようにいい、店を突っきって表に出ていった。後ろ姿が扉の向こうに消えるのを確認し、草平は大きな吐息をついて肩の力を抜いた。

机の前に座って草平は客のくるのを待つ。

時計を見ると四時を回っている。

あれから店を訪れた客は、たった一人。売れたのは一冊百円の安売りの文庫本が三冊だけだった。

「草ちゃんは、道楽でこの店をやっているのよね」

このところの智美の口ぐせのようなものだが、客の入りがこんな調子では反論する余地はまったくない。というより、自分は智美のいう通り、本当に道楽でこの店を始めたのかもしれない。自分の夢を実現させるためだけに、この『芦川《あしかわ》書房』を。しかし、これほどまでに客がこないとは。

店を早じまいにして『珈琲屋』へ顔を出してみようと、草平はふと思う。店を開けていても、どうせ客などはこないだろうし、智美が帰ってくるのは六時に近いはずだ。

十分後、草平は珈琲屋の重い扉を押していた。

「いらっしゃい」

という行介の低い声が響く。

カウンターを見ると知った顔が草平を見ていた。あれは同じ商店街で洋品店をやっている、島木だ。

「こんにちは」

といいながら、草平は島木の隣の席に座りこむ。

「今日は休みかね、芦川さん」

早速、島木が声をかけてくる。

「休みじゃないですけど、店を開けてても客はどうせきませんから。だから——」

首を振りながら草平はいう。

「客がこないか。どこへ行っても景気の悪い話ばかりだな」

島木がいったところで、

「ブレンドでいいですか」

行介がカウンターのなかから声をかけてきて、草平は「はい」と応じる。

「ところで芦川さんは、この商店街にやってきて、もうどれぐらいに?」

島木の問いに、

「八カ月です。早いものです」

草平は明るい調子で答える。

「その前は確か、サラリーマンをやってたんだよね」

「ええ。脱サラして念願の古書店を開きました」

「念願だったんですか、古書店が」

驚いたような声を島木があげる。

「僕は小さいころから本が好きで、行く行くは四方を本に囲まれた西洋風の書斎のある家に住みたいなと思ってたんです。ですが、どう考えても普通の生活をしていたら、それは無理だということに気がついて」

笑いながらいうと、

「それで、古書店ですか。なるほどねえ、考えましたね。だから、芦川書房は西洋風のインテリアになってるんですね。あの書棚といい、あの机といい、あれはまさしく書斎そのものですからなあ」

島木は大きくうなずくが、草平はそこまで考えて店を改築したつもりはなかった。思いのまま業者に希望を出していたら結果的にああなった。それが書斎だったとは、まさに目から鱗《うろこ》の思いだった。

そんなことを考えていると、目の前にコーヒーカップがそっと置かれた。

「熱いですから」

行介はそういってから、

「島木。お前、やけに芦川さんの店に詳しいようだが、何度も行ってるのか」

視線を島木のほうに向けた。

「残念ながら、そう何度もは行ってない。今までに三回ぐらいかな。人間、時には本も読まないとな」

「ほうっ、それでお前は、どんな本を買ったんだ」

「それは、つまり」

言葉を濁す島木を助けるように、

「いわゆる、ロマンス小説ですね。文学性の高い」

最後の言葉をつけ足すように、草平は口を開いた。

「文学性の高い、ロマンス小説なあ……」

行介の顔が綻《ほころ》んだ。

「あっ、お前」

と島木がいったところで、

「実は小説といっても、僕はミステリーが大好きだったんです」

話題を変えるように草平はいって、コーヒーをひとくちすすった。

「そういえば以前、奥さんが一人でここにきたとき、そんなことをいってたな。芦川さんとは大学のミステリー研究会で知り合って親しくなったんだって」

思いがけないことを島木がいった。

二人できたことはあったが、一人で智美がここにきていたとは知らなかった。

「智美がここに一人できてたんですか」

「何度かいらっしゃってますよ」

島木の代りに行介が答えた。

「確か、ここの店の造りが好きだといってましたね。気分が落ちつくとも」

島木の言葉に草平はようやく合点がいった。

ミステリーの好きな連中は、この店のような古くて暗くて黴臭《かび》い雰囲気が好きなのだ。それにこの店のマスターの行介は以前人を……不謹慎を承知でいえば、これもミステリー好きの人間としたら、たまらない魅力になっているはずだった。現に自分だってそれに惹《ひ》かれて……。

「智美も根っからのミステリー好きですから、ここの雰囲気がたまらないんでしょうね」

「何でも、芦川さんはホームズが好きで、奥さんはルパンが好きだったとか。その論争を二人で何度もやっているうちに親しくなってしまったとか」

笑いながら島木がいう。

その通りだった。

草平が大学のミステリー研究会に入ったのは、一年生の夏。ミステリーが好きだということもあったが、たまたま顔を出した部室にいた智美を見て一目で気にいってしまったという理由もあった。

ただ、智美はそのとき既に三年生。草平より二つ年上だったというのが残念ではあったけど、大きな目と柔らかな鼻梁、細くて白い顎は草平の心をわしづかみにして離さなかった。

草平は智美が大のルパン好きだということを聞いて、多くのミステリー好きがするようにホームズとルパン、どちらが優れているかという論争を吹っかけた。智美はすぐに乗ってきた。あるときは部室で、あるときは喫茶店で、あるときは居酒屋で。そして何度も論争をするうちに場所は互いのアパートへと移っていった。

「なるほどねえ」

草平の話を聞いて島木が感嘆の声をあげた。

「芦川さんの作戦勝ちですね。智美さんはまんまとそれに乗せられて、二人は親しすぎるほどに親しくなってしまった。そういうことですな」

島木は独りでうなずいてから、

「で、ホームズとルパンの論争は、どちらに軍配が上がったんですか」

興味津々の顔で訊いてきた。

「結論なんか出ませんよ。元々、ホームズとルパンは土俵が違うんですから。そんなことはみんなわかってるんですが、とにかくいうだけのことはいわないと気がすまない。そういうことなんです」

「土俵が違うといいますと、それはいったいどういうことなんでしょうか」

腑に落ちない表情を島木は浮べる。

「ホームズはミステリーですが、ルパンは冒険物語なんです。ですから、較べようとするのが無理なんです」

早口で草平はいってから、

「たとえば、そのときの智美の主張は、ルパン物はホームズ物に較べて仕掛けが大きく、さらに物語に華があるということだったんですが。それに対しての僕の主張はホームズ物はすべてが論理で支配されていて、知的好奇心を誘うけど、ルパン物は荒唐無稽が過ぎてリアリティに欠ける。こんな主張をぶつけ合ってたら収まる訳がありません。話が延々とつづくだけです」

静かな調子で言った。

「なるほど、収まる訳がないから恋に落ちた。そういうことですね」

島木はいかにも嬉しそうだ。

「まあ、中《あた》らずと雖《いえど》も遠からず。そんなところです。というのも――」

このとき草平は、普段自分からは話さないことを話そうと思った。胸が踊っていた。

「僕はホームズ物も好きですが、それ以上に乱歩が好きなんですよ」

「おう、乱歩ですか。あれは私も大好きです。子供のころに図書館で読んだ『少年探偵団』のシリーズは実に面白かった」

得意げに島木は声を張りあげる。

「そういうのもいいんですが、僕のいっているのは大人向けの乱歩の作品です。『二銭銅貨』とか『D坂の殺人事件』とか『パノラマ島奇談』とか『三角館の恐怖』とか」

一気にいった。

「なるほど、そういった物がありましたか。乱歩の大人向け……乱歩は子供向けの本だけを書いていると思いこんでいました。いや汗顔の至りです」

いってから島木はうなだれる。

「島木さんのように思っている人は多いですから、それはそれで特段気にしなくても」

何となく気の毒になり、慰めの言葉を草平は口にするが、

「いやいや、まったく恐縮です」

島木はうつむいたまま小さな声で答える。

「実をいいますと、僕が古書店を開いた理由のひとつに、その乱歩があるんですよ」

今度は、その場の雰囲気を変えるようにいうと、

「ほうっ、それはぜひ、聞かせてもらわないと」

ようやく島木が顔を上げた。けっこう好奇心の強い人間のようだ。

「乱歩の全集は今まで何度となく刊行されていますが、なかでも僕が気にいっているのが昭和三十年代の終りに出版された、小型本ではあるけれど表紙に臙脂《えんじ》色の布を用いた、全十八巻の全集なんです」

「昭和三十年代の終りとは、またけっこう古い物なんですな。芦川さんはむろん、私たちもまだ生れてはいない」

感心したように島木がいう。

「この本は全集としてはかなり値段が安いのに、ちゃんと後書きも解説も乱歩自身が書いているという、なかなかの優れものなんですが、どうしてもそのなかの一冊が手に入らない」

草平は唇をちょっと湿らせ、

「高校のときにその全集に出会い、乱歩ファンの僕としては全巻を揃えたくていろんなところを回ったんですけど、どうしてもその一冊が……」

小さく首を振った。

「それは何という作品が入っている本なんですか」

行介が口を挟んだ。

「全集の二巻目で、入っている作品は確か『陰獣』と『白昼夢』、それに『孤島の鬼』ですけど、マスターはこの全集の存在を?」

「いえ、知りません。ただ、芦川さんの話を聞いていますと、何となく運命の一冊というかんじがして」

恐縮したような顔で行介がいった。

「運命の一冊といえばそうかもしれません。古書店を開こうと思ったひとつの理由として、古書を扱っていればその本に巡り合うのではないかという気持があったのも事実ですから」

「それが、まだ巡り合えませんか」

低い声で行介がいう。

「駄目ですね。智美も一緒になって必死に探してくれてますけど、まだ手にすることはできません」

「奥さんも一緒にですか。それは夫婦愛の極み、羨《うらや》ましい限りですなあ」

島木が大袈裟なことをいった。

「智美とつきあうようになってからずっと。智美もミス研の一員ですから——あっ、これはミステリー研究会のことですけど、僕の気持はわかりすぎるほどわかっているはずで。ちなみにその一冊を我が家では、二巻目の宝物と呼んでいます」

やや誇らしげに草平はいう。

「なるほど、全集の二巻目の本ということで二巻目の宝物ですか。何となくリアリティを感じさせる言葉でいいですな」

感心したような声を島木があげたとき、扉の鈴が高い音をたてた。

何気なく草平が振り向くと、入ってきたのはなんと智美だった。

「智美、お前」

「店に戻ってみたら閉めてあったので、多分ここじゃないかと思って」

小首を傾げる表情は、とても三十一には見えない。

「あっ、奥さん。どうぞこっちに座ってください」

島木が如才なく声をかける。

「ありがとうございます。じゃあ、ちょっとだけ」

智美はこう答えて、草平の隣に座りこんだ。

「ブレンドでいいですか」

すかさず行介が低い声で訊くと、智美はほんの少し考えてから、

「今日はいいです、水だけで。なかなか、うちも不景気ですから。すみません」

ぺこりと頭を下げた。

「さっきもその話を芦川さんから聞きましたが、大変ですなあ、お互い」

しみじみという島木に、

「幸いネット販売のほうがまああですので、何とか食べていく分だけは確保していますけど。苦しいですね」

溜息をつくように智美がいった。

「ネット販売ですか。そうですか、古書の場合、その手がありますねえ」

島木は自分にいい聞かせるようにいう。

「でも、改装のときの借金や家賃もありますから、この先どうなっていくのか正直不安です。このままでは子供をつくることはおろか、夫婦生活をつづけていくこともできるかどうか」

物騒なことを言い出したが、これは智美の本音だ。常々いわれていることで、そうなると次の展開は——。

「もう少し店のほうにお客さんがきてくれたら、楽になるんですけど」

といったところで智美の前に湯気のたつコーヒーが置かれた。

「熱いですから」

という行介の声にかぶせるように、

「あっ、私はコーヒーは」

智美が慌てて顔の前で両手を振った。

「これは店からのサービスです。奥さんが元気を出せるように」

照れたような口調で行介がいう。

「ありがとうございます、気を遣っていただいて。それじゃあ、遠慮なくいただきます」

智美は頭を下げ、コーヒーカップを両手で包みこむように持って口に運んだ。

「おいしい！」

明るい声でいった。

もうひとくち飲んだ。

「お客さん、くればいいなあ」

少女のような口調でいった。

「そうですなあ。お客さんがどんどんきてくれれば悩みは解消しますが、なかなか」

宙を睨《にら》んで島木が声を出す。

「なぜだと思いますか。なぜ、うちの店にお客さんがこないと思いますか」

智美はコーヒーカップをそっと皿に戻した。

「それは難題ですなあ。それがわかればうちの店も助かるんですが、芦川書房の場合は何だろうなあ」

「敷居が高いと思いませんか、うちの店」

ぽつりと智美がいった。

やはりこういう展開なのだ。

近頃、家でやっている同じ論争を、智美はこの店で展開するつもりなのだ。島木と行介を自分の味方につけて。

「確かにいわれてみれば、芦川さんには申しわけないですがその傾向はありますなあ。古本といえども、あの店構えと内装では高級すぎて怖気づくということも大いにあり得ます」

「でしょう」

智美が大きな声をあげた。

「町の古本屋さんらしく、もっとこう、ざっくばらんというか開けっ広げというか、そんな雰囲気にしたほうが私にはいいように思えるんですけど」

ここぞとばかりに一気にいった。

「だから、いつもいってるように、いくらざっくばらんといっても今更そうしようとすればかなりのお金もいるし……やっぱり無理だよ、そんなこと」

草平は口を挟んだ。

「それは――まあ、悪いのは全部私だから仕方がないけど。改装するとき草ちゃんのいうがままにして、口を挟まなかった私が。私、草ちゃんに甘いから、二つも年上だしね。

今年はもう、三十二歳になるからね」

智美はコーヒーカップに手を伸ばして、音を立てて飲みこんだ。

「だから、俺も頑張るから」

「頑張るって、どうやって？」

絞り出すような声を智美が出した。

「ネット販売の商品をもっと充実させて、お客さんを呼びこむとか……」

草平はしどろもどろになった。

「私のいってるのはネットじゃなくて、店売り。足を引っ張ってるのは、店売りのほうなんだから」

草平は言葉が出なかった。だが、次に智美のいう言葉は想像できた。いつものあの言葉だ。

「だから、せめて出入口だけでも改装しようよ。あの重い扉を取って、ステンドグラスもなくして。それぐらいなら、それほどお金はかからないはずだし」

「そういうけど……」

「もっとざっくばらんで庶民的な店にすればお客さんもきっとくるはず。手書きのポップなんかもつけて、あのマホガニーの机も普通の事務机にして」

決定的な言葉が出た。

これもいつもと同じ展開だが、しかしそんなことができるはずがない。ステンドグラスをやめてポップをつけて、おまけに、あのお気に入りの机を普通の事務机にするなどもっての外《ほか》だ。あの快適な書斎を手放すことなどは。

「いいかげん、夢ばかり追うのはやめて大人になってよ、草ちゃん！」

智美が叫んだ。

草平の顔を真直ぐ見た。どきりとした。両目が潤んでいた。今にも泣きだしそうな顔だった。こんな悲しそうな智美の顔を見るのは初めてだ。しかし……。

「まあまあ、奥さん。あまり興奮なさらないで。さっき、芦川さんから、いい話も聞きましたよ。大学に入ってつきあいを始められてから、ずっと乱歩全集の二巻目を二人で探しているという。そうしたことを思い出して、ここはまずは仲直りをして」

割って入る島木の言葉を聞いて、草平の胸のなかで何かが動いた。そうだ、その手があったのだ。いかにも姑息な手段かもしれなかったが、今はこれしかない。

「そうだ、そうしよう」

草平は大声をあげた。

「その乱歩の二巻目の宝物が手に入ったら、どんなことでも智美のいう通りにするよ。何たって、あれが欲しくて古書店を開いたという曰《いわ》くつきの本なんだから。あれさえ手に入れば、俺にはもう思い残すことは、ひとつもないから。智美のいう通りにして頑張ってみせるから」

　叩きつけるようにいった。

「なんで」

　ざらついた声を智美が出した。

「なんで、そこに結びつけるの。部分改装と二巻目の宝物とは、何の関係もないじゃない。おかしいわよ、それ。論理的に間違ってるわよ。ホームズファンが聞いたら、つっこみどころ満載の論理の飛躍よ」

「だけど」

　草平は、泣きたくなってきた。実際、目が潤んでいるのがわかる。お互いに泣き出しそうな顔だった。

　草平はじっと智美を見つめた。やがて、

「わかった」

　ぽつりと智美がいった。

「草ちゃんのいう通りにする。二巻目の宝物をきっと見つける。その代り、本当にそれを見つけたら私のいう通りにして。ここのマスターと島木さんが証人だから」

　潤んだ目で行介と島木を見た。その目に応えて二人が大きくうなずいた。

「駄目だな私は。やっぱり草ちゃんに甘い」

智美は独り言のように呟き、

「よし、頑張るぞ」

子供のような口調でいってから、右の拳を突きあげた。目の奥に潤みはもう見られなかった。そんな智美の様子を見て、行介と島木が呆気《あっけ》にとられた表情を浮べていた。


その夜の夕食後――。

「なあ、どんな方法で二巻目の宝物を探し出そうというつもりなんだ」

向きあって座っている智美に、草平は声をかける。

「わからない。でも、今までこれだけ探して見つからなかったんだから、そう簡単に方法なんて浮ばない。でも、ちゃんと草ちゃんと約束しちゃったから、何とかしないと」

智美の答えを聞いて草平は少し安心する。

当面、あの二巻目の宝物を探す方法を智美は持ち合せていないのだ。家計が逼迫《ひっぱく》しているのはわかっていたが、草平が書斎風の店に抱く思いは理屈ではなかった。この件に関して草平は小さな子供と同様だった。

「だけど草ちゃん、ちゃんと聞いて」

強い口調で智美がいった。

「私たちが結婚して、二人で必死になって貯めたお金の残りも、このままだと、あと一年ちょっとで失くなってしまうのは事実。そのことも、きちんと頭のなかに入れておいてよ」

理屈ではわかっていた。だが、この快適な書斎だけは手放したくなかった。智美の話はわかるが、やはり理屈ではなかった。

「もっとも、出入口を改装しても、お客さんが入るとは限らないのも確か。何もかも失くなって、それで終るかもしれないけど、実行してみる価値は充分にあると思う」

ひょっとしたら自分は、何もかもすぐに失くなる道より、このまま生殺しのようであっても一年ちょっとつづく道のほうを無意識のうちに選びたいのかもしれない。少しでも長く生きられる道を。そんなことを草平はふと思った。

「だけど私、なんで草ちゃんのような訳のわからない人を、選んでしまったんだろうね。けっこう男からはもてたのに」

首を振りながら智美がいった。

「似た者同士だから、そういうことなんじゃないかな」

「そうね。私も多少変なところはあるし、駄目だなあ、ミステリー好きは。普通の人たちとはやっぱり、ずれてるから。そして、それを自覚して自分で認めてしまっているから、何ともしようがないよね」

智美は視線をテーブルに落し、

「大体、こんなことを正直に相手にいうっていうのが変だよね。いうべきことじゃないよね。黙っていたほうが得だとわかっていても、やっぱり私は草ちゃんが好きだから。悲しいものだね、女って」

小さくこくんとうなずいた。

「俺も智美が大好きだよ。だから、男だって悲しいもんだよ」

「悲しいもん同士が一緒にいるんだから、よけいに悲しくなるのか」

掠《かす》れた声でいい、

「だけど、二巻目の宝物って、何となく意味深というか面白い言葉だよね」

そういってから智美は少し黙りこんだ。

「今、ふと考えたんだけど、二巻目の宝物が乱歩の本なら、一巻目の宝物って何だろう。言葉遊びのようで悪いけど……」

「それは――」

といって今度は草平が黙った。

「それは愛だよ、僕と智美の二人の生活だよ」

少しの間考えて、草平はいった。

「愛か……月並な言葉だけど、とっても安心する言葉ではあるね。だから、その言葉に安心して、いろんな夢を追っかけてるのかもしれない」

「いちばんの悲劇は、その夢を今回実現してしまったということかな。つまり、書斎のような店のことなんだけど、その夢を実現させてしまったから、今度はそれを必死で守る立場になってしまった」

草平は抑揚《よくよう》のない声でいい、

「これがいちばんの悲劇なんだろうね。もちろん、これも相手に正直にいうべきことじゃないんだけど。駄目だなあ、何となく、ホームズ対ルパン論のようで、どこまでいっても結論なんか出ないようで、昔を思い出してしまう」

両の肩をすとんと落した。

「結論は出すわ」

ふいに智美が叫ぶようにいった。

「いつまでも不毛な論争をしていてもしようがないから。草ちゃんはとにかく一人でも二人でも店にお客を呼びこむ。私はパートを頑張って、その間に二巻目の宝物を探す方法を考える。生き抜くためにはこれしかない。頑張ってよ、草ちゃん」

両の手でテーブルをばんと叩いた。

いつもの智美とは、少し様子が違っていた。

草平はマホガニーの古い机に、ゆったりと腰を落ちつけて周囲を見回す。

視界に入ってくるのは頑丈な棚と、そのなかに収まっている本だけだ。漂っているのは古本特有の黴びた紙のにおい。草平はこのにおいが好きだった。幸せな気持になれた。やはりここは古書店というよりは、世界で唯一の書斎だった。

そんなことを考えつつ、草平は隣の部屋の音に耳をそばだてる。聞こえてくるのは無機質な乾いた音。智美が操作している、パソコンのキーボードの響きだ。

時計に目をやると八時二十分。六時頃に夕食をすませてから、智美はずっとパソコンに向かっている。今日だけではない。あの、乱歩全集の第二巻目が見つかったら、この店の出入口の改装をするという約束が成立して以来、ずっとこの調子だった。智美は暇さえあればネットを駆使して問題の本を探しつづけている。

休みともなれば一人でぶらりと外に出て、夕方まで帰ってこない。多分、都内の古書店巡りだ。問題の本――二巻目の宝物を何とか見つけ出そうと歩き回っているに違いない。智美は本気なのだ。本気であの本を手に入れようと必死になっているのだ。

だが、草平の気持は複雑だ。

もし、二巻目の宝物が見つかれば重厚な出入口の扉は開放的な安物に換えられ、鮮やかな色彩が自慢のステンドグラスは取り外されることになってしまう。世界で唯一の書斎の魅力が半減することになる。嫌だった。

「二巻目の宝物か」

草平は呟いて、

「それをいうなら、一巻目の宝物はこの書斎。そういうことなんだ」

名案でも思いついたように、やや頰を膨《ふく》らませて草平は口に出す。

確かに二巻目の宝物は欲しかったが、今となってはこの書斎のほうが宝物としては上だった。居心地のいい、ヨーロッパの古いホテルを連想させるような重厚で時代がかったこの書斎が。

智美には悪いが、二巻目の宝物は出てこないほうが……。

現在の草平の、これが本音だった。

そんなことを考えながら、いい気分に浸っていると、隣の部屋でキーボードを叩く音がふいにやんだ。

一瞬の静寂の後、

「やった！」

智美の叫び声が耳に飛びこんできた。

嫌な予感がした。ひょっとしたら、二巻目の宝物が。いや、そんなことが……今日まで探しつづけて見つからなかったものが、ここ数日でヒットするなど、そんなことがあるはずがない。

そう思いつつ、草平は椅子の上から動けない。隣の部屋に行けばすぐわかるはずなのに。

草平は息を殺して椅子に座りつづける。まるで体中のすべてを萎縮させて台風が頭上を通過するのを待つ、小さな子供のように。見つかるはずがないと自分自身に何度もい聞かせながら。

ばたんと音を立てて隣の部屋につづく扉が開いた。

「あったわ！」

顔中を笑みでいっぱいにした智美が立っていた。

「あったって、何が」

わかりきったことを草平は訊いた。

「二巻目の宝物よ。草ちゃんが探しつづけていた、乱歩全集の『陰獣』と『白昼夢』、そして『孤島の鬼』の入っている昭和三十年代の全集よ」

勝ち誇ったように智美がいった。

「嘘だろ。今まで見つからなかったものが、そんなに簡単に」

情けないほど小さな声になった。

「簡単じゃないわよ。ここ一週間ほど、時間の許す限り、私はずっとキーボードを打ってたんだから。努力の賜物《たまもの》よ、粘り勝ちよ。確かに運がよかったということも大いにあるけどね」

心なしか、小さな胸をそらせた体が踊るように弾んでいる。

「運がよかったっていっても、そんなことがあるなんて、とても信じられない」

何とか掠れ声でいうと、

「信じるも何も。明日の昼過ぎ、現物を持った人が店にくるから、自分の目で確かめてみるといいわ」

凜とした声で智美がいった。

「明日くるって――じゃあ、あの本を持っているのは都内の人なのか」

「そう。山内《やまうち》さんていう五十年配の人。あっちこっちのネットに買い取りをかけておいたら、その人がヒットした。本当に運がよかった。神様はいるみたいよ」

弾む声でいう智美に、そいつは疫病神だと草平は胸の奥で罵《ののし》る。

「二巻と九巻を持っているということだったから、取りあえず両方持ってきてくれるように伝えておいたわ。買取価格は一冊二千円。明日しっかり受け取っておいて」

命令口調で智美がいった。

「そうだ！」

素頓狂《すっとんきょう》な声を草平はあげた。

「本の状態はどうなんだ。そのあたりはきちんと先方に訊いたんだろう？」

「ちゃんと訊いたわよ。本の状態は良好。山内さんはそういってたわ」

「状態は良好か……」

「さっきから聞いてると、何だか草ちゃん、あの本が見つかったのが気に入らないみたいだね」

尖《とが》った声を智美が出した。

「そんなことはないよ。絶対にそんなことはないよ」

草平は慌てて否定し、

「せっかく楽しみにしていた本だから、汚れてたら残念だなと思って。何たって二巻目の宝物なんだからさ」

上ずった声を出す。

「それならいいけど」

じろりと智美が睨んだ。

「とにかく。明日の昼、草ちゃんはきちんと代金を払ってその本を受け取る――それで一件落着。それから」

と、さらに草平を見すえた。

「約束はちゃんと守ってね。この期におよんで、じたばたしないでね。私のことを大事に思っているのなら」

睨みつける目の奥が、何となく潤んでいるようにも見えた。

「もちろん、約束はちゃんと守るさ。俺だって大人だからね」

やや声が震えたが、はっきりいった。

「私、草ちゃんとの生活、大事にしたいから。いちばん大切に思ってるから。私、今もこれからも、ずっとずっと草ちゃんと一緒に生きていきたいから」

智美の頬を涙が伝っていた。

綺麗だなと草平は思った。力一杯、智美を抱きしめてやりたかった。だが、できなかった。抱きしめたら負けだと思った。何に負けるのかはよくわからなかったが、抱きしめることはできなかった。


草平は机の上を睨んで唸っている。

机の上にあるのは二冊の本。ついさっき山内という五十年配の男から買い取った、乱歩全集の二巻と九巻だ。しかも、本は二冊とも綺麗だった。五十年近く経っているはずなのに傷みはほとんどなく、小口がわずかに黄ばんでいる程度で、いわゆる美麗本というやつだった。

どこからどう見ても合格点。

これが困った。合格点なら、草平はこの居心地のいい書斎を失うことになるのだ。そんなことには耐えられなかった。何とか阻止したかった。

醤油という言葉が頭に浮んだ。

古文書をそれらしく見せるため、紙に醤油を少量たらしてシミを作る方法だが、それをこの本に施せば——たとえば、醤油を水で薄めたものを本の数ページに筆で塗りつければ美麗本ではなくなる。また、ページの所々を破って、その破れめに薄く溶いた醤油を塗りつけるという手もあった。

だが今日はできない。

時間がなかった。智美は夕方帰ってきて、この本を手に取るはずだった。そのときわかってしまうはずだ。つけた醤油のにおいに必ず気がつく。智美も古本屋の女房である。気がつけばこの本がどんな状況下にあるかは推測できるはずだ。醤油のにおいは意外に強く、かなりの時間が経たなければ抜けることはない。

草平は頭を抱えた。

このままでは、居心地のいい自分の書斎がなくなってしまう。いっそ、目の前の本をくしゃくしゃにしてしまえばと二冊の本を睨《ね》めつけるが、それは無理なことに気がつく。智美は先方から状態は良好だという情報を得ているのだ。そんなことをすれば自分がやったということはすぐにばれる。

それなら、どうすれば。

草平はのろのろと机の前から立ちあがる。

こんなときは珈琲屋だ。

あの、人を殺したことのある行介の仏頂面《ぶっちょうづら》を見れば、何か名案が浮ぶかもしれない。

とにかく気分転換をするほうがいい。そうすれば思考が広がるかもしれない。

十五分後、草平は年季の入ったカウンターの前に座り、コーヒーができあがるのを肩をすぼめて待っていた。客は先日のように隣に島木がいるものの、あとはテーブル席で中年男が競馬新聞を広げているだけだ。

「元気がないようですが、何かありましたか、芦川さん」

隣の島木が愛想のいい声をかけてきた。

「まあ、あったといえばあったということで、なかったといえばなかったというか」

曖昧《あいまい》なことをいうと、

「よほど、微妙な状態――そういうことなんでしょうな」

島木が軽くうなずいたところで「熱いですから」という声とともに湯気のあがるコーヒーが草平の前に置かれた。

「で、それはやはり、女性問題でしょうかな。あんな可愛い奥さんがありながら、羨ましい限りですなあ」

島木が探るような声を出してきた。

「いえ、そんな浮いた話では。第一僕はミス研の出身ですから、そっちのほうに興味はあまりありませんので」

何の根拠もないことを口にした。

「ほうっ、ミステリー研究会の面々は色恋には興味はないと。それはまた味気ないというか、奇特というか」

顔中に驚きの表情を浮べている。

そういえばこの島木という男、商店街きってのプレイボーイだという噂《うわさ》をどこかで聞いたことがある。

「多分、頭のなかはミステリーのあれこれでいっぱいで、女の人に関心をよせる余裕がないのだと思います」

これも草平の本音ではあった。

「なるほど。ひとつのことを考えぬく、学者先生と同じ頭の構造ということですな」

納得したように島木はうなずく。

「すると、今悩んでいるのは、ミステリーがらみのことでしょうかな」

いわれれば、そういえないこともない。要は智美をどう騙《だま》すかということなのだから。

「一種の完全犯罪ですね」

ぽつりというと、

「おうっ、完全犯罪ですか。それは難しい。相当難しい」

いってから、何を思ったのか島木は黙りこんでしまった。

草平はそんな島木から目を離し、コーヒーカップをそっと口に運ぶ。いい香りが、鼻を押しつつむ。ゆっくりと喉の奥に流しこんで視線をあげると、天井の太い梁が目に入った。黒く煤《すす》けていたが重厚感は充分だ。何となく、あの居心地のいい書斎に似ているような気がした。

「いいですね、この店の雰囲気」

思わず口に出すと、

「古くて頑丈なだけが取柄ですよ。だから、お客もなかなか増えず、食べていくだけが精一杯」

くぐもった声で行介がいった。

「古くて頑丈ですか」

口に出してみて、草平はこの店があの書斎とは違うことに気がついた。『芦川書房』は古くもないし頑丈でもない。それなりの装いがされているだけで、一言でいえば擬《まが》い物だった。この店と一緒にすることはできない。

そんなことを考えていると、扉の鈴が鳴って誰かが入ってきた。どきりとした。ひょっとしたら智美の仕事が早く終って……恐る恐る振り向くと、見知らぬ初老の男がカウンターに近づいてきて、軽く頭を下げた。

「初名先生っ！」

いつも穏やかな行介が大きな声をあげた。

背筋をぴんと伸ばし、腰を折るようにして初名という男に深々と頭を下げた。

「前にもいったように、宗田君。そんなしゃっちょこばった挨拶は抜きにして」

初名はまた軽く会釈をして、島木の隣に座りこんだ。

「そういうわけには参りません、先生は先生ですから。あのおりには、大変お世話になっておりますし」

行介はまた頭を下げる。

「あれが私の仕事だからね。でも、こうして立派に店をやっている宗田君の姿が見られて、私は本当に嬉しく思うよ」

行介の過去からいって、どうやらこの初名という男は刑務官——それも年格好からいえば、かなり上の役職に違いない。草平もミス研の出身、それぐらいのことは想像できる。

それからいくつかの言葉のやり取りがあって、湯気のあがるコーヒーが初名の前にそっと置かれた。

「いい香りだねえ」

初名はすぐにカップを取りあげて口許《くちもと》に持っていき、そろそろと喉の奥に流しこむ。

「うまいなあ」

吐息まじりの声を出した。

「恐縮です。ありがとうございます」

思いきり行介が頭を下げた。

この調子だと、よほど恩義を感じているのか尊敬の念を抱いているのか、いずれにしても行介が初名に頭が上がらないのは確かなようだ。

そして草平は、自分の頭の上がらない人間は誰だろうと、ふと思う。すぐに智美の顔が浮んできた。が、智美との力関係はまだ自分のほうに分がある。決して頭が上がらないわけではない。稼ぎが悪いのは確かだが、日頃の様子からみて、まだ自分のほうが少しは上のはずだ。

そんなことを考えていると、

「先日もそうでしたが、先生は何か自分に話があってこられたのではないですか」

行介の低い声が聞こえた。

「それは何といったらいいのか、あるといえばそうなんだが……」

初名が言葉を濁した。

どうやらこの初老の男は何か相談事があって、ここを訪れてきたらしい。そして、その相談事を行介に話そうかどうしようか迷っているのだ。しかし、人を殺した過去のある行介に相談事とは、いったい。草平は全神経を耳に集中する。

「いや、また今度にしよう。お客さんのいないときに、ゆっくりと」

初名の言葉にすぐに島木が反応した。

「客といっても私たちは身内のようなものです。それに、そろそろ帰ろうと思っていたところですので、そうおっしゃらずに」

引き止めの言葉を口にした。

「いやいや、私は暇な身ですから、また寄らせてもらいますので。話はそのときにゆっくり」

いうなり初名は立ちあがり、小銭入れから硬貨を出してカウンターに並べる。

「おいしかったよ、宗田君」

軽く会釈をして、店を出ていった。

「悪かったな、行さん。何だか邪魔をしたようで。いや、まことに申しわけない」

「気にするな。また初名先生はくるだろうから――そのときお前がいたら、さっさと帰ってくれれば文句はない」

冗談っぽくいう行介に、

「わかった。そのときはそうするから心配はいらん」

島木も軽い口調で答える。

「だが、すぐ帰ったわりには、しっかりコーヒーは空にしていったぞ。よほど、ここのコーヒーを気に入ってるんじゃないか」

「そうだと、嬉しいんだがな」

言葉通り嬉しそうな表情を浮べる行介から自分のコーヒーカップに目を移すと、まだ半分ほど残っていた。

草平はカップを持って喉の奥に落しこむ。コーヒーはほとんど冷めていて一気に飲めたが、何となく違和感のようなものが口許に残った。

これは何だろうと考えを巡らせていて、

「あっ!」

と草平は叫んだ。

「どうしたんですか、芦川さん。完全犯罪のいい方法でも考えついたんですか」

島木が怪訝《けげん》な表情で見ていた。

「その完全犯罪です。見つかりました、その方法が」

上ずった声の草平に、

「完全犯罪ですか?」

ぼそっと行介がいった。

「完全犯罪といっても、決して物騒なことではないですから。僕と智美の間のちょっとしたことですから」

草平は慌てて弁解する。

「芦川さんと智美さん……何だ、やっぱり男と女の話じゃないですか」

島木のしたり顔に、

「はい、ですから僕はもう店に帰らないと。その完全犯罪を実行するために」

草平はそういってカウンターの上にコーヒー代を置き、

「ごちそうさまでした」

と叫んで店を飛び出した。


その日の夕方。パートから帰ってきた智美は開口一番、

「二巻目の宝物はどうだった」

と、目を輝やかせて草平にいった。

「智美がいった通り、とても綺麗な保存状態の本だった」

「でしょう！」

草平の言葉に智美の表情がぱっと華やぐ。

「だけど、悪いところが一点だけ」

遠慮ぎみに草平はいう。

とたんに智美の顔から華やかさが消えた。

「悪いところって、それは二巻目と九巻目、どっちの本」

「残念ながら二巻目のほう」

草平はそういってから居間の隅の棚の上から乱歩全集の二巻目を持ってきて、テーブルにそっと置いた。智美はそれを手に取って表紙や表紙裏を丹念に調べる。

「どこといって、悪いところは見つからないようだけど」

怪訝な表情を顔一杯に浮べた。

「表紙のほうはね。でも、中身がね」

草平は布張りの本を手にして、ページをぺらぺらとめくって途中で止めた。

「ほら、ここがさ」

『孤島の鬼』の始まりの部分だった。二段組の活字の左上部が破れて欠落していた。破れたのはかなり前らしく、端の部分は薄茶色に変色していた。

「これって」

すぐ目の前まで本を持っていき、食いつくような顔で凝視してから智美は泣き出しそうな声をあげた。

「我慢できないの？　コレクターとして完全な物を手に入れたい気持はよくわかるけど、

これって我慢できないの、草ちゃんは」

潤んだ声をあげた。

「智美には悪いけど、俺にもコレクターとしての意地があるから。どうせ手にするのなら、やっぱり完全なものがね」

すまなそうにいう草平に、

「私のためだとしても、我慢できない？」

智美はもう、ほとんど涙声だった。

「他のことならいいんだけど、いくら智美のためといっても、これぱっかりはね。何たって二巻目の宝物だから」

嚙《か》んで含めるように草平はいう。

「そう、そういうことなのね」

智美はぽつりと言葉を切ってから、

「じゃあ、また振出しに戻った。そういうことなのね」

はっきりした口調で今度はいった。

「せっかく一生懸命探してくれた智美には悪いけど、これだけは」

相当の後ろめたさを感じながら、草平はぼそぼそと智美にいう。

実はすべてが嘘だった。

『孤島の鬼』の最初のページの左端を破ったのは草平自身だった。しかも草平は破れ目を古く見せるため、その部分にコーヒーを水で薄めたものを塗りつけて手口を隠蔽《いんぺい》したのだ。智美はそれにみごとに引っかかった。草平の完全犯罪は成功したようだ。

ヒントは珈琲屋で飲んだ冷めたコーヒーだった。飲み終えたとき違和感を覚えたが、あれはにおいだ。醬油と違い、冷めたコーヒーからは香ばしいにおいがほとんど失われていた。これなら使えるはずだった。

そして草平は智美を騙した。居心地のいい、あの書斎を守るために。申しわけないとは感じたが、草平にしたら仕方のないことだった。

「もう一度訊くけど、私のためだとしても我慢できないのね、草ちゃんは」

掠れた声でいう智美に、

「ごめん。仕事しっかりやるからさ」

草平は顔をくしゃっと崩して、ぺこりと頭を下げた。

「わかった。じゃあ、もうこの話はなし。気を取り直して私は夕食をつくるから」

いつもの智美に戻ったように、明るすぎるほどの声を出して台所に入っていった。

そして次の日、智美は消えた。

テーブルの上にはたった一枚のメモ。

『宝物を探しに行ってきます』

それだけが残されていた。

草平は驚いた。

まさか智美が、こんな行動をとるとは夢にも思わなかった。それにこの文面から見ると、智美は宝物、つまり二巻目の宝物の完全版を探しに行ったということになる。が、草平はこの文章にもどことなく違和感を覚えた。あの冷めたコーヒーを飲んだときに覚えたような、奇妙な違和感を……。

勤め先のスーパーに電話を入れてみると、智美は今日づけで辞めていた。打つ手はなかった。智美がどこに行ったのか心当たりはまったくなく、待つしか術《すべ》はなかった。宝物を見つけるか、あるいは探すのを諦めて帰ってくることを。

五日が過ぎた。何の連絡もなかった。

一日はいつものように坦々と過ぎていったが味気なかった。家事は嫌いではなかったから、それほどの苦労もなくこなしはしたものの、それでも何かが物足らなかった。いなくなって初めて智美という存在の大きさを草平は知った。甲斐性のないぐうたらな自分に、ほとんど何の文句もいわずに尽くしてくれた妻だった。

十日が過ぎた。やはり、何の連絡もなかった。さすがに心配になってきたが、失踪でも家出でもないので警察に保護を求める届けを出すわけにもいかなかった。

草平に残されたのはあの書斎だけだったが、智美のいない今、それほど居心地がいいとも思えなかった。智美という強いパートナーがいたからこその居心地のよさ。草平は初めてその事実に気がついた。書斎などもう、どうでもよかった。そんなことより、智美と一緒に暮したかった。

「智美、早く帰ってきてくれよ」

マホガニーの机の前に座り、草平は泣き出しそうな声をあげた。花模様の額縁のある天井も重厚な書棚も、鮮やかなステンドグラスもくすんで見えた。草平の店は本当の主のいない、淋しすぎるほどの家に変っていた。

二十日ほどが過ぎたとき、草平の許に一通の手紙が届いた。

草平の胸は躍った。封筒に住所は書いてなかったものの、差出人は芦川智美。とうとう連絡があった。智美が帰ってくるかもしれないのだ。が、そんな期待は封を切ってすぐに引っくり返された。

『こんにちは、草ちゃん。

私は今、とあるところで、相変らずスーパーのレジ打ちの仕事をしています』

という文面で手紙は始まっており、そのあとにはびっくりするようなことが書かれてあった。

『私のお腹には今、赤ん坊がいます。草ちゃんの子供で、そろそろ四カ月になろうとしています。

家を出るときのメモに、宝物を探しに行ってきますと書きましたが、ここに書いた宝物とは二巻目の宝物のことではなく、お腹にできた赤ん坊のことでした。そのことをじっくり考えるために、家を出たのです。この赤ん坊をどうするのか。今のままの生活では、とても産んで育てていくのは無理です。

じゃあ、堕《お》ろすのか……実をいうと、草ちゃんは気がつかなかったようですが一年半ほど前、私は赤ん坊を一人堕ろしています。もちろん、草ちゃんの子供です。本当は産みたかったけど、生活のことを考えると育てていくのは……。

考えに考えたあげく、私は堕胎の道を選びました。たった一人で病院に行き私は赤ん坊を……草ちゃんに隠れて私は泣きました。悲しくて悲しくて、堕ろした赤ん坊が可哀想で可哀想で。でも、そんな私の様子に草ちゃんはまったく気がつかないようでした。でもそれでいいと思いました。私は草ちゃんが大好きだったから。余分な心配を草ちゃんにかけなかっただけよかったと今でも思っています。

でも、今度ばかりは別でした。

運よく見つけた二巻目の宝物を、草ちゃんは拒絶しました。いくらコレクターといっても、あれぐらいの本の瑕疵《かし》は何とでも折り合いがつくように思います。最後の手段で、私のためにと草ちゃんに頼みましたが、これも拒絶されました。

このとき私は悟ったのです。草ちゃんにとって一番目の宝はあの書斎で、二番目の宝が乱歩全集。そのあとに私の名前が入っているかどうかはわかりませんが、少なくともあの時点では私の一番目の宝は草ちゃんで二番目が芦川書房でした。

でも、家を出ていろいろと考えてみた結果、その宝物の順番が変ってしまいました。一番目がお腹の赤ちゃん——そのあとは二番目も三番目もすぽんと空白のままになっています。

この空白に草ちゃんの名前が入るかどうか、もうわかりませんが、私は草ちゃんを当てにしないで一人で生きていくことにきめました。もちろん、お腹の子供と一緒にです。短い間でしたけど、ありがとう。大好きだった草ちゃんと暮すことができて、本当に幸せでした。

でも、これからは一人で、いえ子供と二人で頑張るつもりです。さようなら』

手紙はそこで終り、芦川智美と書かれた自筆の署名と印鑑の押された離婚届が同封されてあった。

読み終えた草平は頭のなかが真白になった。智美の腹には赤ん坊がいた。そして智美はその赤ん坊を一人で育てて生きていくという。自分を見限ってもうここには帰ってこないというのだ。しかも、以前には一人で病院に行って子供を堕ろして……そんなことが。

草平の目から涙がこぼれ落ちた。涙は次から次へと流れ落ちて止まらなかった。草平は涙の出るにまかせて終日泣いて過ごした。胸に湧きあがってくるのは後悔ばかりだった。

草平は泣きに泣いた。

手紙が届いてから三日目の午後。

草平はふらりと珈琲屋を訪れた。

むしょうに行介と話がしたかった。

「ブレンドでいいですか」

行介の声に草平は無言のままわずかにうなずく。客は草平の他には誰もいなくて静かだった。

しばらくしてから湯気のあがる熱いコーヒーが、そっと草平の前に置かれた。

「熱いですから」

という行介の声を聞いたとたん、また涙が出た。肩を震わせて泣いた。行介は無言のままだった。ようやく涙が止まったとき、

「よかったら、話してみませんか」

柔らかな声で行介がいった。

このとき草平は、自分がなぜこの店にきたのか本当の理由がわかった。行介のこの声

が聞きたかったのだ。行介が人を殺しているためなどではなく、この柔らかな声が聞きたかったのだ。

草平は行介に智美からきた手紙を見せ、これまでにおきた、すべての出来事を正直に話した。

「そんなことになってたんですか——で、芦川さんはどうするつもりですか」

行介が訊いてくる。

「宗田さんはどうしたらいいと思いますか」

「そうですね……芦川さんは智美さんが好きですか」

草平はうなずいた。

「それなら答えは、きまっているじゃないですか」

と行介は手紙の一節を太い指で差した。

「ここに、一番目がお腹の赤ちゃん。そのあと二番目も三番目もすぽんと空白のままだと書いてあるじゃないですか——智美さんも芦川さんのことを待っているんですよ。俺にはそんな気がしてならないんだけど」

草平の胸にぽつんと灯がともった。

「待っていると思いますか。智美は僕が行くことを待っていると、宗田さんは本当にそう思いますか」

勢いこんでいった。

「思います。芦川さんは智美さんの所に行くべきです。お腹の子供も芦川さんを待ってますよ」

「だけど、この手紙に差出人の住所は書いてありません。行きたくても、いったいどこへ行けばいいのか」

沈みこんだ草平の言葉に、

「ここですよ」

切手に押された消印を行介が指差した。

薄かったが、そこには「別府」という文字が見えた。

「迂闊《うかつ》でした。智美は九州にいるんですね。となると、別府の町を隅から隅まで歩き回って探しつづければ」

「きっと見つかると俺は思いますよ」

「わかりました。すぐ出発します、今度は僕のほうが宝物を探しに」

草平は慌ててその場に立ちあがってから、

「あっ、失礼しました」

すぐに腰をおろして、カウンターに置かれたコーヒーカップに手を伸ばした。そっと口に含んだ。少しぬるくなっていたが心地よい香りは充分に鼻をつつみこんだ。

「あっ！」

草平は声をあげた。問題がまだひとつ残っていた。

「さっき話に出た、コーヒーを水に薄めて、筆で塗ったという小細工のことですか」

行介が抑揚のない声でいった。

「すみません、コーヒーをあんな小細工に使って」

草平はぺこりと頭を下げ、

「智美はまだ、あの小細工に気づいていません。それを正直に話したほうがいいのかどうか……」

しばらく無言で考えこむ。

無意識に手が伸びてコーヒーカップを口に運んで飲みこんだ。素気《そっけ》ない味がした。

「宗田さんなら、どうします」

恐る恐る訊いた。

「俺なら……芦川さんと、もちろん同じですよ」

行介が、柔らかすぎるほどの声でいった。

「あっ、そうですね。すべてを話したほうがいいですね。すべてを話して智美に許しを乞う。たとえ、そのあとがどうなろうと」

草平の心は、なぜか軽かった。

「どうもなりませんよ。智美さんは芦川さんを待っているはずですから」

今度は力強い調子で行介がいった。

草平はコーヒーカップに手を伸ばして口に運んだ。

途方もなく、おいしい味がした。

ひとつの結末

店の前に立って大きく深呼吸する。

そっと扉を押してなかに入ると、すぐに懐しい声が耳を打った。

「初名先生――いらっしゃい」

カウンターのなかで、満面に笑みを浮べて行介が迎えてくれる。新聞を広げている中年男が奥の席に一人いるだけで、他に客の姿はない。時間は午後の三時ちょっと。

初名は軽く頭を下げてから丸椅子に座るが、何となく動きがぎこちない。

「ブレンドでいいですか」

という行介の声に初名はわずかにうなずく。

「どこかへ行った帰りですか」

行介の柔らかな声に、

「いや、ちょっとコーヒーが飲みたくなって、それでね。ここのコーヒーはうまいからね」

初名はくぐもった声を出す。

「ありがとうございます。先生にそういってもらえると、とても嬉しいです」

真底嬉しそうな声を出して、行介は目を細めた。

「コーヒーという飲み物は立派だね。大したもんだと私は思うよ。幸せなときにブラックで飲めば、幸せを嚙《か》みしめることができるし、心が騒《ざわ》ついているときに砂糖とミルクを入れれば、元気を少し取り戻すことができる。こんなありがたい飲み物は他にはないよ」

しみじみと初名はいった。

「ブラックと砂糖入り――先生は今日、どちらでお飲みになられますか」

何気ない口調で行介が訊いた。

「そうだなあ」

初名は煤《すす》けた天井にちらっと目を走らせてから、

「砂糖とミルクを入れることにするよ」

ぽつりといった。

沈黙が少しの間つづいた。

「熱いですから」

初名の前に湯気の立つコーヒーがそっと置かれた。

「ありがとう」

と初名はいって角砂糖を二つ入れ、ミルクを注ぐ。

「偉そうなことをいいますが、何かお話しになりたいことがありましたら伺います。もちろん、誰にも口外しませんので」

鼻のあたりをなでて行介がいった。

「そうすることにしようか。このコーヒーを味わったあとに」

初名はコーヒーを口に運びながら心を落ちつかせる。コーヒーを飲み終るまでが執行猶予だ。そして、すべてを行介に話す。そのために自分はこの店を訪れているのだが、結局話せずじまいだった。だが自分は話したいのだ。誰かに懺悔《ざんげ》がしたいのだ。それには目の前にいる行介が最適だといえた。

初名はゆっくりとコーヒーを飲んだ。

最後の一滴まで時間をかけて飲みほすと、空になったカップを戻し、

「さて」

と初名は真直ぐ行介を見た。

もう胸は騒ついてはいなかった。

「私は他人《ひと》の妻と、深い関係になってしまった」

腹の底から声を出した。

行介の顔に驚きの表情が浮びあがるのがわかった。無理もなかった。他人の妻と深い関係になるなど、初名自身、生まれてこのかた一度も考えたことのない出来事だ。真面目《まじめ》一方の人生だった。いい換えれば、いちばん驚いているのは自分だといえた。

「先生が、ですか……」

喉につまった声を行介が出した。

「厳密にいえば、人妻だった女性ということになるな。私にしたら同じようなものだけど」

「しかし、なぜ……」

驚いた表情はまだ顔に貼りついたままだ。

「あの一瞬は本物だった。あの一瞬、心の底から私はあの人を愛した」

「あの、一瞬ですか」

行介は訝《いぶか》しげな声をあげ、

「そもそも、その女性というのはいったい、どのような」

低い声でいった。

「瀬川《せがわ》志津子《しづこ》さんといって年は四十七歳。夫の名前は瀬川修次《しゅうじ》さん、殺人犯だった」

「あっ！」

悲鳴のような声が行介の口からあがった。

瀬川修次は今から七年前、強盗殺人の罪で逮捕され、懲役十四年の刑を受けた。

瀬川はポケットに小型ナイフを常に忍ばせており、これがよくない結果を招いた。たまたま空巣狙いのつもりで入った家に人がいて騒がれたため、咄嗟《とっさ》にそのナイフを出して振り回した。刃は相手の首根を切り裂き、それが致命傷になった。

「もともと瀬川は殺人を犯すような人間じゃなかった。気の小さい男で空巣狙いが精々といったところだったが、相手が入ってきた瀬川を見て大声をあげた。それでいつもポケットに入れて持ち歩いていた護身用のナイフを咄嗟に取り出して……瀬川も被害者も運が悪かったんだけど、裁判所にそんなことは通用しないからね」

「計画性ですか」

ぼそっという行介に、

「ポケットにナイフを入れていたということは、いざというときにはそれを使うつもりだった。そう判断されてね。もっともな話なんだけどね」

初名はいってから、コーヒーカップに手を伸ばすが中身は空である。

「それで十四年ですか」

行介がアルコールランプに火をつけた。

「瀬川には窃盗の前科があって、情状酌量も無理ということで目一杯の量刑になってしまった――私が府中刑務所に着任したとき、瀬川は五年を務めていたが、彼の口癖は、まだまだだなあ、その一言をいつも口にしていた」

「わかります」

ぼそっという行介に、

「そうだな、君なら瀬川の気持は充分すぎるほどわかるだろうな」

初名は天井を仰いでいい、

「瀬川は妙に人懐っこいというか、私の顔を見るとすぐに飛んできて、あれこれ話をするんだが。ある日頼まれごとをされてね」


昼食を終えた休み時間。グラウンドでキャッチボールをしていた瀬川は初名を見つけるとすぐにやってきて、こんなことをいった。

「身から出た錆《さび》とはいっても、自分はまだまだシャバには出られません。頭をよぎるのはいつもカミさんのことばかり。心臓が弱くて病気がちのやつなんです。そこで先生、時間があったらあいつのところへ行き様子を見てきてやってくれませんか」

すがるような目をして瀬川は頼んだ。

このあとも瀬川は何度も頭を下げにきて、初名は志津子の許《もと》を訪れた。

夏の暑い盛りだった。

自分の身分を告げ、瀬川のことを話すと志津子は快く部屋にあげてくれた。小さな台所と六畳一間だけの狭いアパートだった。

玩具のような卓袱台《ちゃぶだい》の上に冷たい麦茶を出して志津子は、

「わざわざすみません。そんな勝手なことを引き受けてもらいまして」

深々と頭を下げた。

半袖から見える腕は細く、肩も尖《とが》っていたが志津子は目鼻立ちが整っているせいなのか、年齢よりもかなり若く見えた。妙な形容だが清楚——こんな言葉が初名の頭に鮮やかに浮んだ。

刑務所での瀬川の様子を初名は詳細に話し、志津子はそれを黙って聞いた。時折り、うなずく素振りを見せるものの、口を挟むことはなかった。

話が一段落つき、初名はこんな言葉を志津子にぶつけた。

「家での瀬川君の様子は、どんなものだったんでしょうか」

「被害者の方には申しわけないんですが」

志津子は蚊の鳴くような声でいい、

「あの人は手のかからない、おとなしい人でした。刑務所とこちらを何度も行き来しているのが、それこそ嘘のような」

いってから膝の上の手を色が変るほど握りしめた。

そんな様子を見て、初名はふいに羨《うらや》ましさのようなものを覚えた。瀬川が志津子を心配する気持がわかったような気がした。

このときは三十分ほどで帰ったが、それから初名は月に一度の割合で志津子の許を訪れた。最初はぎこちなかったやりとりも数を重ねるごとにうちとけていき、志津子は初名の冗談に笑い声さえあげるようになった。

むろん、訪れたときの志津子の様子は詳細に瀬川に伝えた。瀬川も嬉しそうな顔で初名の話を聞いた。初名は二人のメッセンジャーボーイになった気分だった。

「メッセンジャーボーイですか、先生が」

行介が口を挟んだ。

「そうだね。私の役目は使い走りのようなものだったが、それならそれでかまわないと思った。気障《きざ》ない い方だが、二人の喜ぶ顔を見るのが楽しかったし、嬉しかった」

掠《かす》れた声でいう初名の前に湯気の立つ新しいカップが置かれた。

「サービスです、俺のほんの気持です」

ぼそりという行介に、

「ありがとう、いただくよ」

初名は礼をいって、カップを口に運んだ。熱いコーヒーだった。

「でも、月に一度は行きすぎなのかもしれません」

重い声で行介がいった。

「そうだな。いくら頼まれたとはいえ、行きすぎかもしれんな——しかし、私の話を聞いてくれる二人の嬉しそうな顔を見るとね」

初名はゆっくりとカップを戻した。

「嬉しそうな顔ですか」

行介は一瞬天井を仰ぎ見てから、

「心臓が悪いということでしたが、志津子さんは仕事をしてたんですか」

話題を変えた。

「狭心症の気があるということだった。そのため長時間の労働は無理で、毎日四、五時間ほど近所のスーパーのレジ打ちにパートとして行っていた」

「すると、暮しのほうは」

「食べるのが精一杯。そんな状態だったな。しかし、貧乏には慣れているからと、彼女はいつもそういっていた」

「健気《けなげ》ですね、今時の女性には珍しいほど。逆境に置かれても、そういった言葉が出るとは」

軽く頭を振る行介に、

「そうだな。健気な女は男の心を揺さぶる。特に私たちぐらいの歳の男は、それが泣き所だな」

自嘲ぎみに呟《つぶや》いて、

「事件は今から半年ほど前におこった」

きっぱりした口調で初名はいった。

瀬川修次が自殺した。

どこで手に入れたのかわからなかったが、二メートルほどの洗濯用のロープを首に巻き、刑務所内の作業場の隅にあるトイレのドアノブに結んで首を吊った。遺書の類いはなかった。

「自殺！」

行介が驚いた声をあげた。

「そうだ。彼女の家を訪れた私が、そのときの様子を瀬川に伝えた次の日のことだった。瀬川は私の話をいつものように嬉しそうに聞いていた。それが次の日……」

低すぎるほどの声で初名はいった。

「遺書はなかったんですね。すると、自殺の原因は」

「わからない。さっぱりわからない。まるで狐につままれたような話だった。だが、強いて憶測すれば」

初名はごくっと唾を飲みこんだ。

「瀬川は私に志津子さんを託した――あるいは私と志津子さんのやりとりを聞いて、もう自分の出る幕はないと悟って絶望した。そのあげく、発作的に」

声を絞り出していった。

「嬉しそうに話を聞いていたのは芝居だったと、先生は仰るんですか。それがいつごろからなのかはわからないけど」

「そういうことだな。いずれにしても、もし自殺の理由があるとしたら、この二点しかないように私には思える」

「そうですね」

押し殺した声で行介がいった。

その日の夜、初名は志津子の部屋を訪れ、事の次第をつかえつかえ伝えた。

肩を上下に震わせて志津子は泣いた。号泣した。日頃の志津子からは想像もできないような取り乱し方だった。畳を両手で叩いて志津子は泣いた。

ひとしきり泣くと、今度は初名にしがみついた。胸に顔を押しつけてきた。健気な顔がすぐ前にあった。愛しさが初名の胸一杯に溢《あふ》れた。初名は自分の唇を志津子の唇に押しつけた。塩の味がした。二人は畳の上にゆっくりと倒れこんだ。

初名はカップに手を伸ばしてコーヒーを口に含んだ。冷めていた。

「これが事の顚末《てんまつ》のすべてだよ」

音を立てずにカップを元に戻した。

「はい」

といったきり行介はうつむき、おもむろにアルコールランプに火をつけ、コーヒーサイフォンをセットした。

沈黙が流れた。

行介はサイフォンのコーヒーをカップに移し、自分の口許に持っていった。

「やっぱり、砂糖とミルクを入れたほうがいいみたいだ」

自分にいい聞かせるように口に出してから、

「先生、確かご家族のほうは子供さんが一人と奥さんが……」

ぽつんといった。

「ああ、子供は男の子で三十三、今は建設会社に入って九州にいるよ。結婚しているが、子供はまだない。妻は岐阜の家で一人暮しをしている」

「この件は、むろん奥さんも」

「知ってるよ。この春退官するときに、何もかも洗い浚《ざら》い妻には話したよ」

退官して岐阜に戻ったときだった。

家に戻って三日目の夜、初名は意を決してすべてを妻の広恵《ひろえ》に話した。夕食のすんだあとの居間だった。

「驚きました」

話し終えると、初名と三つ違いの広恵はこういって、初名の顔を凝視するように見た。

「仕事一筋、真面目一方のあなたが、そんなことをするなんて夢にも思っていませんでした。青天《せいてん》の霹靂《へきれき》というのはこのことです」

怒りよりも驚きのほうが先に立ったのか、やや呆気《あっけ》にとられた表情を広恵はしていたが、様子は普段のままだった。

「すまない」

初名が畳にふれるほど頭を下げると、

「それで、どうするつもりなんですか」

これも普段のままの声が上から聞こえた。

「それを、お前に決めてもらおうと」

初名は押し殺した声でいった。

「ずるいですよ、男は本当にずるい。そんなことを私に決めさせてどうするんですか。どうするかは自分で決めるのが筋。そうじゃないですか」

「それは、そうなんだが、しかし」

そういって、初名は声が降ってくるのを待った。何をいわれようが、すべて広恵に従うつもりだった。

「行きなさい」

少しの間を置いて広恵の声が聞こえた。

「えっ」

広恵の顔を仰ぎ見ると、初名を見下ろす視線と合った。どことなく観音様のような表情に見えた。

「取りあえず、その人のところへ行きなさい。そんなかわいそうな人を一人でほうっておいて、どうするんですか。そんなことをしたら、面倒を見てきたみなさんに顔向けができないでしょうが」

面倒を見てきたみなさん……はて誰のことかと考えて、それが服役してきた懲役囚のことだと思いついた。

「だから行きなさい。明日の朝一番で……私のいいたいことはそれだけです」

いい終えた広恵は「どっこいしょ」と口に出しながら立ちあがり、夕食の後片付けのために流しに向かった。


「それで、先生はまた東京へ」

話を聞き終えた行介が呆《あき》れたような声をあげた。

「そういうことだ。こうなったら、妻に逆らうことなどはできるはずがない。私はいわれたように、次の日の朝一番の電車で東京にやってきた」

初名は抑揚《よくよう》のない声でいった。

「それから先生は、東京で志津子さんという人と一緒に……」

「暮している。彼女のアパートに転がりこむようにして一緒に——といっても生活費はちゃんと出しているから、決してヒモなどではない」

強い口調でいった。

「それはわかっていますが。しかし、何とも不思議な奥さんの態度ですね。取り乱しもせずに、逆上もせずに」

「そうだな。私も妻があんな態度を取るとは夢にも思っていなかった。てっきり、修羅場になると覚悟はしていたんだが。まあ、私たちは似た者夫婦で、あいつも真面目一方だったから、そこは冷静に客観的にあれこれを眺めて、ああいうことをいったのかもしれんな」

首を傾《かし》げる初名に、

「で、先生。これからどうするつもりなんですか」

行介が訊いた。

「それを相談したくて、一部始終を宗田君に話したんだけどね」

「あっ、そうですね。確かにそういうことですね。失礼しました」

行介は頭を下げ、

「しかし、こういう話は苦手というか、俺には男と女のことなんてさっぱりで。ただひとついえることは、なるべく泣く人を出さないようにすることですね。それぐらいしか俺にはいえませんけど」

申しわけなさそうな顔でいった。

「そうか、苦手か。いや、話を聞いてくれただけでも感謝している。何となく胸のつかえがおりたよ」

いいながら初名は、もうひとつの相談事を行介にしたらいいかを思案する。実をいえばこっちのほうが切羽つまった事柄だった。しかし行介に話しても、いい解決法が見つかるとは……と考えていたところへ扉が開いて誰かが店に入ってくる気配がした。顔を向けると女性だった。

「こんにちは」

その女性はいって、初名の前にきて頭を下げてから隣の丸椅子に座りこんだ。いい匂いがした。

「あっ私、いつものね」

明るい声で注文してから、初名と行介の顔を交互に見た。

「この人は初名先生といって、俺が向こうにいたとき散々世話になった人だよ」

行介の言葉に、

「こんにちは、初名先生。行ちゃんの幼馴染《おさななじみ》で冬子といいます」

ぺこりと頭を下げてきた。

かなりの美人である。

「ひょっとしてこの人が宗田君の……いや、宗田君も隅に置けんな。こんな美人の彼女がいるとは」

軽口を叩くと、カウンターの向こうの行介が妙に照れた表情を浮べた。やはり、そういうことなのだ。そう思った瞬間――。

「そうだ！」

初名は大声をあげた。

「さっき話した事の顚末。よかったらこの冬子さんに話して、女性としての意見を聞かせてもらえると助かるんだが」

「いいんですか、話しても」

心配そうな口振りの行介に、

「いいさ、宗田君の彼女なら。私や宗田君のように無器用な男には考えつかないような意見をいってくれるかもしれない」

初名は何度もうなずき、

「もちろん、私はもう消えることにするから。自分の恥ずかしい話を直接この耳で聞く勇気は持ち合せていないからね」

ゆっくりと立ちあがった。

「また明日くるよ。彼女の意見はそのときにゆっくりと聞かせてもらうよ」

初名はポケットから財布を取り出した。


アパートに帰ると志津子もすでに帰っていて、小さな台所で夕食の仕度をしていた。

部屋には焼魚のにおいが漂っている。秋刀魚《さんま》だ。

「もう、そんな季節なんだなあ。時間が過ぎるのは早いなあ」

鼻をひくひくさせていうと、

「本当に早いですね。初名さんがここにきて季節が二つ変りました」

振り返って志津子がいい、

「夕飯、すぐですから」

鍋のなかの味噌汁の具合を窺う。

初名は卓袱台の前に座り、小さな溜息をひとつつく。

「どうしたんですか、溜息なんかして。ここにいるのが嫌にでもなったんですか」

「そんなことはないさ、私が心配しているのは明後日のあの件だよ」

「ああ」

といいつつ、志津子は夕食のお菜を卓袱台の上に並べる。塩もみした胡瓜《きゅうり》と味噌汁、そして焼きたての秋刀魚だ。

向き合って箸を取る。実をいうと初名はこの向き合って食事をするというのが苦手だった。あちこちと単身赴任を繰り返していた初名にとって、この情景は新婚夫婦そのものといってよく、とにかく気恥ずかしさだけが先に立った。

「明後日ですね」

箸を持つ手を膝に置いて志津子が小さな声を出した。

「そうだな、明後日だな」

掠れた声で初名もいって、またひとつ溜息をついた。

昨日の夜のことだった。

初名のケータイに突然、広恵からメールが入った。広恵のメールは初名が家を出てから初めてのことだった。

『三日後に、そちらに行きます』

メールはたった一行、これだけが記されていた。実をいうと、今日行介に相談したかった切羽つまった事柄というのは、この件だった。

「いったい、何をしにやってくるんだろうな。わざわざ、岐阜から」

怪訝《けげん》な口振りで初名がいうと、

「決着をつけに……」

ぽつりと志津子がいった。

「おい、物騒なことをいうなよ。話し合いならいざ知らず、決着だなんて」

「でも、それぐらいしか、ここにくる理由は思い当たりません。ただ単にご挨拶というのも変ですし」

確かにそうなのだ。広恵がここにやってくるなら決着をつけに。そう考えるのが、いちばん妥当だった。

「やめよ」

初名の顔を真直ぐ見て、子供のような口調で志津子がいった。

「いくら考えたって答えは出ません。どうせ世の中、なるようにしかならないから、だから考えるのはもう、やめよ」

「そうだな。確かにその通りなんだが、やっぱり気にかかるというか、気にしてしまうというか」

もごもごと初名はいう。

「でも、答えは出ない。ひとつだけはっきりしているのは、あたしは他人の旦那様を盗み取った女。してはいけないことを、した女。そういうことです」

志津子が胡瓜をかりっと噛んだ。いい音だった。

「おいしいね、これ」

ふわっと笑った。

清楚という顔ではなかった。無邪気な強者。そんな言葉がぴったりの顔だった。

「誰がきたって、初名さんさえしっかりしてれば」

低い声でいって今度は唇を真一文字に引き結んだ。今にも大粒の涙が両目から溢れてきそうな顔だ。このあたりの表情の変化が初名にはまったくわからない。

「もちろん、私は大丈夫さ。誰がきたとしても私の考えは変らない」

口に出しながら、ここへ行けといったのは広恵自身なのだと、初名は何度も胸の奥でその言葉を転がす。

「本当に！」

志津子がはしゃいだような声を出した。

「むろん、本当さ」

といって今度は広恵のいった、男はずるいという言葉を思い出す。そのずるい男と、他人の夫を盗み取った女の許に広恵はやってくるのだ。いったいどんな修羅場が展開されることになるのか。

初名はこほんとひとつ空咳《からぜき》をして、

「あれも、どこかに納めないといけないな」

部屋の隅のちっぽけな文机の上にちょこんと載せられている、白い布で包まれた箱を目顔で指した。瀬川の骨壺だ。

「そうですね、いずれ」

何でもないことのように志津子はいうが、初名にしたら大事《おおごと》だった。志津子が他人の旦那を盗み取った女なら、初名は他人の女房を盗み取った男なのだ。その女の亭主の骨壺が置かれている部屋で寝起きを共にするというのは、やはり気が引けた。

「なるべく、早いうちに」

念を押すように初名はいい、秋刀魚を大胆にむしって口に入れる。噛みしめるようにして飲みこむ。同じ秋刀魚の塩焼きでも、広恵の焼いた物とは微妙に味が違った。どちらがうまいのかはわからなかったが、味が違っているのは確かだった。

「やっぱり、納骨するなら、京都のお寺がいいんだろうな」

催促するように口に出した。

「お金が、けっこうかかるんじゃない?」

「そうかもしれないが、これでは仏さんも成仏できないんじゃないかと」

「成仏はしていると思うわ。あの人はそういう人だもの」

何気ないような志津子の言葉だったが、初名の胸をえぐった。あの人はそういう人……瀬川を懐しむ響きがあった。聞き流せば何でもない言葉だったが、初名の心は敏感に反応した。

胸がぎゅっと締めつけられた。

これは焼き餅だ。自分は死んだ人間に嫉妬心を燃やしている。そんな心がまだ残っていたとは。

そのときケータイが鳴った。

メールの着信音だ。

卓袱台の端に置いたケータイを手に取り、画面を見る。広恵からだ。画面を切り換えると文字が目に突き刺さった。

『時間を書くのを忘れました。六時頃そちらに到着する予定です』

それだけが書かれてあった。


次の日——。

初名は昨日と同じ三時ちょっとに珈琲屋の扉を押した。

「いらっしゃい、初名先生」

すぐにカウンターの向こうから行介の嬉しそうな声が響いた。

カウンター前の丸椅子に腰をおろすと、

「ブレンドでいいですか、先生」

行介が笑みを浮べていった。

「ああ、頼むよ」

声が終る前に行介の手が動いてアルコールランプに火をつけ、手際よくサイフォンをセットする。

「しばらくお待ちください」

という行介の声にうなずきながら、初名はアルコールランプの炎に視線を向ける。綺麗な炎だった。心の奥底にすうっと染みこんでくるような色だった。

「綺麗な色だね」

ぽつりというと、行介が怪訝そうな表情で初名を見た。

「その、アルコールランプの炎だよ。見ていると心の芯が落ちつくというか」

とたんに行介が右の掌《てのひら》をさりげなく隠すような素振りをした。そのとき、それが目に入った。行介の掌だ。引きつれがあった。あれは火傷だ。ひょっとしたら、アルコールランプの炎で。初名の胸に贖罪《しょくざい》という言葉がゆっくり浮びあがった。

「そうですね」

何でもないことのように行介が答えた。

「人の心には炎に対する畏《おそ》れと同時に、憧れのようなものがあるのかもしれないな」

初名はいって、しばらく炎を見つめつづけた。

「ところで」

炎から目をそらして初名はいった。

「昨日の娘さん――冬子さんだったかな。例の件について、何か感想のようなものをいってただろうかね」

「ああ、その件ですが、実は」

申しわけなさそうな声で行介はいい、

「俺に伝言してもらうより、直接自分でいうからと」

意外な言葉を口にした。

「直接、私にですか？」

虚を衝かれた思いだった。

昨日初名が帰ったあと、事のいきさつを行介から聞いた冬子は、

「とても微妙な問題だから、行ちゃんに話しても理解してもらえそうにない。誤解されても大変だから、初名先生には私から直接話したほうがいいと思う」

こんなことをいったという。

「だから、先生が店にいらっしゃったら連絡してほしいと」

いい難《にく》そうに行介がいった。

「誤解ですか。まあ、それほどまでに考えてもらえるのは有難いことだと思います」

「それなら電話してもいいですか。近所なのですぐにくると思いますが」

初名がうなずくと、行介はまず新しいサイフォンをセットして火をつけてから厨房のなかの電話機を手にした。

「申しわけありません。けっこうわがままというか頑固なやつなもんで」

電話を終えた行介は頭を下げ、「熱いですから」と言葉をそえて、初名の前に湯気のあがるコーヒーカップをそっと置く。

冬子はすぐにやってきた。

「こんにちは、先生」

微笑みながら挨拶して、初名の隣の丸椅子に滑りこむ。すぐに行介が淹《い》れたてのコーヒーを冬子の前に置く。

「ありがとう、行ちゃん」

冬子は機嫌のいい声でいい、両手でカップをつつみこむようにして口に運ぶ。舌で転がすようにしながら飲む。

「おいしいね」

顔中をくしゃっと崩した。

「何でも冬子さんは、宗田君の口からだと誤解を生じる恐れがあるので、直接私と話をしたい、と伺いましたが」

遠慮ぎみに初名はいう。

「はい。微妙な問題ですから。それに、まんざら私と関係がない話でもないようですから」

冬子がはっきりした口調でいった。

「おい、冬子。それは」

とたんに行介が狼狽《ろうばい》したような声をあげた。

どうやら行介にとって、予期しない言葉を冬子は口から出したようだ。

「行ちゃんは、しばらく黙ってて。お願いだから」

真剣な口調で冬子がいった。有無をいわせぬ何かがそのなかにはあった。

「実は、初名先生と同じようなことを私もしているんです」

「あなたが、私と!」

思わず大きな声が出た。

「私は、ここの行ちゃんが好きで好きで」

冬子は掠れた声でいい、

「でも行ちゃんは罪を犯して刑務所に入ることになり、私は両親の希望で見合いをして嫁ぐことになったんです」

はっきりした調子で身上話を語り始めた。

「それでも私は忘れられなくて、行ちゃんの出所が近づいてくると居ても立ってもいられなくなり、それでひとつの事件を起こしたんです」

ぷつんと言葉を切ってから、

「私の嫁ぎ先は山梨の旧家で、いくら別れたいといっても無理な相談でした。それで私は若い男の子と浮気をして既成事実をつくり、離婚を迫ったんです」

と冬子は、それまでのいきさつを初名に丁寧に話した。

驚きだった。いくら相手が好きだからといって、そんな極端な手段を取る女性がいるとは。初名は心の奥で唸り声をあげた。冬子が直接自分にいいたいといった理由が、わかったような気がした。いや、ひょっとしたら冬子は自分に話しているのではなく、行介に話しているのでは。そんな気もした。

「だから……嫁ぎ先にしたら、私はふしだらな女で人でなしです。もちろん、誘惑した若い男の子にしても利用されただけで、私のことはどうしようもない性悪女だと思っているはずです」

視線を初名に向けて冬子はいった。

「でも、それでいいと私は思っています。他人《ひと》に何と思われようと、私は自分の選んだ道を貫いたんです。そういう意味では先生も同じです」

カップを口に運んで、冬子はごくりとコーヒーを飲んだ。

「永年苦労を共にした奥さんを裏切り、さらには信頼してくれていた人を裏切って、その奥さんを横取りしたんです——先生は私と同じ人でなしです」

そこまでいったところで行介から声がかかった。

「冬子、言葉が過ぎる。いいすぎだ」

その声に初名はすぐに反応した。

「いいんだ、宗田君。冬子さんのいっていることはその通りで間違いはない」

「しかし、先生」

行介の言葉を遮るように、

「お願いだから、行ちゃんは黙ってて」

冬子が叫んだ。

切れ長の目が初名を睨《にら》みつけた。

「人でなしなら人でなしで、いいじゃないですか。私がいいたいのは、先生に人でなしを通してほしいということです。奥さんにどんなに恨まれようと、他人様にどんなに後ろ指を差されようと、もう後戻りはできないんです。いえ、そんなことをしてはいけないんです」

一気にいった。睨みつけていた冬子の目が潤んでいた。悲しげな目に見えた。

「私もこうして耐えているんですから、先生も耐えてください。勝手な理屈ですけど耐え抜いて、志津子さんという人を護《まも》ってあげてください」

冬子は洟《はな》をちゅんとすすった。

可愛い音に聞こえた。

冬子のいう通りだった。もう後戻りはできないのだ。いや、してはいけないのだ。今更どんな態度を取ろうが、傷つく人間が出ることを阻止することはできないのだ。

「実は」

初名は重い声を出した。

この二人に明日、妻の広恵がくることを話してみようと思った。話してどうなるものでもなかったが話したかった。

「明日の夕方、妻が私たちのところにくるという通知がきてね」

そのあたりのいきさつを低い声で行介と冬子に話し、

「いったい何をしにといってしまえば勝手な言葉に聞こえるが、志津子などは相当怯《おび》えていることも確かでね」

初名は軽く頭を振った。

「しかし、先生の奥さんは開けているというか、相当物分かりのいい方のように話を伺ってましたが。志津子さんのところへ行けといったのも、奥さんだったんではないですか」

行介が低い声をあげる。

「確かにそうだ。私同様、真面目一方だった妻があんな言葉を口にするとは夢にも思わなかった。強いて考えれば、あとは離婚の手続き。もちろん私は、どんな条件でものむつもりでいるがね」

初名も低い声でいうと、

「違うわ」

ぽつりと冬子がいった。

「その前段階が残っているような気がするわ。離婚の手続きはそのあとだと思う」

「前段階というのは？」

怪訝な思いで初名は訊く。

「人によって様々。泣き喚く人もいれば、長時間嫌みを並べたてる人もいる。まれには話のわかる人もいるけど……いずれにしても、その前段階を踏まなければ女は離婚の手続きなんかはしないように思えます」

嚙んで含めるように冬子がいった。

「前段階か……いずれにしても修羅場は避けられない。そういうことですな」

「そうだと思います。そして、どんな修羅場になっても先生には耐えてほしいんです。志津子さんを護るためにも」

まるで自分のことのように、冬子は真剣な表情でいった。

「そうですね」

といって初名は宙を見上げて腕をくみ、

「それならいっそ、妻にはこの店にきてもらったらどうなんだろう。密室で睨み合うよりも抑制が利くだろうし、お互いのためになるような気がする。第一……」

ちらっと冬子の顔に視線をやった。

「この店なら冬子さんも同席できる。同席といっても、カウンターの前に座ってもらうぐらいしかできないけど、それでも心強いことは確かだ。転向することなく、冬子さんの主張する人でなしを貫き通せる気がする。どうだろうかね、冬子さん」

本音をいえば初名はやはり怖かった。もし修羅場になったとしたら、志津子は耐えることができるのか。広恵にしても、密室状態のアパートで向きあえば、抑えられる部分も我慢できなくなる恐れもある。その点、人の目のあるこの店なら。

「もし奥さんがこられるのなら、私はいいですよ。初名さんたちのすべてをここで見守ります」

冬子はあっさり肯定の言葉を出した。

「宗田君はどうだろう。ここで会うのは迷惑だろうかね」

「いいですよ、この店がお役に立つなら。ただ、奥さんが承諾するかどうかです。そのあたりは見当がつきかねますが」

「するように思えるんだがね。宗田君のことは妻にもしょっちゅう聞かせていたし、妻もここのコーヒーを一度飲んでみたいといっていたこともあったし——そうだ」

名案を思いついたように初名はその場に立ちあがり、

「これから電話を入れて、妻の意向を訊いてみよう。何だかんだといっているより、それが一番手っとり早い。ちょっと失礼して電話をかけさせてもらうよ」

初名はポケットからケータイを取り出して店の外に出た。

店の脇で広恵のケータイの番号をプッシュする。呼出音五回ほどで電話はつながった。

「はい」

と、抑揚のない声が聞こえた。

初名は手短に会う場所を珈琲屋にしないかという提案を広恵にした。ほんの少し沈黙があって、

「私はかまいませんよ」

こんな声が初名の耳を打った。

「宗田さんのお店は、確か総武線沿線の商店街でしたよね、あれは……」

という声に、初名は東京駅から行介の店への道順を丁寧に教える。比較的わかりやすい道順だから迷うことはないはずだ。

「じゃあ、そういうことで頼んだよ。無理をいって申しわけないけど」

できる限り柔らかい声でいうと、

「わかりました。おいしいコーヒーが飲めるのを楽しみにしています」

やはり抑揚のない声が聞こえて、電話はそれでぷつんと切れた。

ケータイをポケットに戻しながら、初名は大きな溜息をついた。


アパートに戻り、湯豆腐で簡単に夕食をすませたあと、広恵が珈琲屋にくることになった件を、初名は冬子の言葉もまじえて要領よく志津子に話す。

「ここじゃなくて、喫茶店で会うことになったんですか」

「そのほうがお互い、声を荒げることもなく、穏便に収まるんじゃないかとふと思ってね」

「よく、まあ、その、何といったらいいのか。奥さん、それでよく承知しましたね」

いい辛そうに志津子が口にした。

「広恵にしたってそのほうが醜態をさらすこともないだろうから、好都合なんじゃないかね」

「それはそうですけど」

申しわけなさそうな声を志津子は出した。

「ただ、私たちは——といっても主に私のことなんだが、冬子さんの言葉を借りれば人でなしということになるはずだから、ある程度の責めや糾弾は甘んじて受けなければな。広恵に対しては、取り返しのつかないことをしたんだから」

「それはわかってます」

　志津子が小さくうなずいた。

「離婚に際していえば、財産はほとんど広恵にやってもいいと思ってるから、そこのところも了承してほしい」

「それはもう」

　今度は大きくうなずいた。

「とにかく二人で耐えよう。悪いのは私たちのほうに間違いないんだから。何をいわれようと何をされようと、二人でじっと耐えよう。耐えるのが私たちの罪ほろぼしだからね」

「わかってます」

「嵐が過ぎれば、こんな私たちにも穏やかな日が必ずくるはずだ。誰にも知られず、誰にも知らせず、ここで二人だけでひっそりと生きていこうじゃないか」

「はい」

　と答える志津子の背中ごしに小さな文机があった。上に載っているのは志津子の亭主だった瀬川の骨壺だ。白い布が目に眩《まぶ》しかった。いや、痛いといったほうが正確かもしれない。

「あれは」

初名の視線に気づいたらしく、志津子が細い声をあげた。

「あれは、この一件がすんだら京都のどこかのお寺に納めに行きましょうか。あの人には申しわけないけど」

視線を畳に落して志津子はいった。

ほんの少しだったが、初名の心に灯がともった。嬉しかった。

「そうだな。いつまでも家のなかに置いておくわけにはいかないしな。この件が終ったら早速二人で行ってこよう」

「私たち……」

ふいに蚊の鳴くような声を志津子があげた。

「やっぱり、人でなしの極悪人ですね」

「だけど、人でなしでも生きていかないとな。たとえ他人様から後ろ指を差され、石を投げつけられたとしても、二人で一緒に生きていかないとな」

強い調子で初名はいった。

「二人なら――」

掠れた声を志津子が出した。

「そうだな、二人ならきっと……」

いったとたん、初名の脳裏に行介と冬子の顔が浮んだ。結婚はしてないが、行介と冬子は二人で一緒に生きているんだろうか、それとも――そう考えてみて、やはり二人は一緒に違いないと思った。別々に暮していても心はひとつ。そういうことなのだ。


初名と志津子が珈琲屋に入ったのは五時頃だった。

広恵が店を訪れるのは六時だったが、何となく落ちつかず早めにアパートを出た。カウンターを見ると冬子がいた。初名の顔を見て小さくうなずいた。店の客は窓際の席に中年の男が一人だけ、週刊誌を読んでいた。

初名はカウンターのなかの行介に軽く頭を下げ、店の奥の席に腰をおろした。すぐに行介が二人分の水を持ってくる。

「宗田行介といいます。初名先生には向こうで、ひとかたならぬお世話になりました。よろしくお願いします」

行介が志津子に向かって丁寧に頭を下げる。志津子も立ちあがって腰を折るようにして頭を下げる。

「先生も今日はお疲れ様です。それにしても早いですね」

「家にいても何となく落ちつかなくて、それじゃあ早めに行っちまえと、こうして出かけてきたんだけどね」

笑って話そうと思ったが、顔の筋肉がこわばっているのかうまくいかなかった。

「わかります」

行介は一言だけいい、

「ブレンドでいいですか、お二人共」

と訊いてきた。

初名と志津子は揃ってうなずき、行介は厨房へ戻っていった。

「感じのいい人ですね」

志津子の言葉に、

「今どき珍しい、一本筋の通った人間だ。あっちでは模範囚で、みんなから常に一目置かれていた」

「その人柄にぴったりの、とてもいいお店。素材が木だから、昔人間の私には居心地がすごくいい。とっても落ちつきます」

周囲を見回して、志津子は疳高《かんだか》い声をあげる。

「そうだな。どこもかしこもくすんでいて、人間が生きる場所だということを痛切に感じるね。今時の店は、どこを眺めてもぴかぴかに光ってるから」

そんな話をしているところへ、トレイに二人分のコーヒーを載せた行介がやってきた。手際よくテーブルに並べ、「熱いですから」とだけいって戻っていった。

初名は熱いコーヒーを少しずつ飲んだ。緊張しているせいか、味がよくわからない。が、志津子はひと口飲むと、

「とってもおいしい」

目を細めていった。

「そして、あのカウンターに座っている人が、例の冬子さんなんですね。とっても綺麗な人」

感心したように志津子はいう。

「綺麗すぎるな。だから不幸なのかもしれないね」

「不幸かもしれないけど、おそらくいつかはここのマスターと、という夢があるはずだから。夢が続いている間は、人間は不幸を忘れられます」

志津子の言葉のせいか、初名の胸に広恵の顔がふいに浮んだ。広恵に夢はあるんだろうかと考えて、あるはずがないという結論にすぐに達した。そしてそのすべてを壊したのは初名自身だった。初名は腕時計をそっと見る。五時二十五分。あと三十分余りで、その広恵は初名たちの前の席に座るはずだ。

時間がじりじりと過ぎていく。

週刊誌を読んでいた男の客が立ちあがり、レジのほうに歩いていった。これで店の客は初名たち二人とカウンター席の冬子だけ。それが、いいか悪いかはわからなかったが。

時計の針は五時五十分を指していた。

コーヒーはすでになくなっている。追加を注文しようかと思ったところへ、トレイを手にした冬子が近づいてきた。

「行ちゃんからのサービスです」

といって微笑み、テーブルの上に新しいコーヒーを並べた。

「カウンターの前から、私すべてを見守ってますから」

そういって冬子は戻っていった。

広恵は六時ぴったりに姿を見せた。

まるでその時間になるように、外で待機していたのではと思わせるような正確さだった。真直ぐ初名たちのいる奥の席に歩いてきた。席の手前で軽く頭を下げ、ゆっくりと初名と志津子の前に座った。

「元気そうですね」

初名の顔を見ながら広恵はいった。

「ああ、お前も元気そうで」

初名の声が上ずった。

「そちらが、志津子さんですね。主人がお世話になり有難うございます」

上品に頭を下げた。

「あっ、こちらこそ、初名さんには本当にお世話になって、奥様には何といったらいいのか、本当に」

志津子の声は裏返っていた。

そんなところへ行介が水を持ってやってきた。三人分の新しい水だ。テーブルの上に手際よく並べてから、広恵に向かって簡単に自己紹介をして頭を下げた。

それを聞いて広恵が、

「広恵といいます。お噂《うわさ》は主人からいつも……この店は何でも、とびっきりのおいしいコーヒーを飲ませてくれるとか。それを楽しみに、はるばるやって参りました。よろしくお願いします」

丁寧に挨拶してから「ブレンド、お願いします」といった。行介は厨房に戻り、広恵は口を閉ざした。沈黙の時間は行介がコーヒーを持ってくるまでつづいた。いつものように、「熱いですから」といって行介はコーヒーを置いた。

「いただきます」

広恵は両手を合せてから、カップを右手でそっと持って口許に運んだ。少しだけ口のなかに入れ、ゆっくりと舌の上で味わうようにしてから喉の奥に流しこんだ。

「本当、おいしい」

妙に明るい声を広恵はあげた。

その様子を見てから行介は厨房に戻っていった。

「あのな、広恵」

初名は声をあげた。

「コーヒーを飲んでからにしましょう。せっかくのおいしいコーヒーなんですから」

やんわりと広恵がいった。

二十分ほどかけて、広恵はカップのなかのコーヒーを残らず飲んだ。

「噂のコーヒーも飲みましたし、これでもう思い残すことはありません」

初名の顔を真直ぐ見た。

「誰が考えても悪いのは私たち二人。だから、お前のどんな責めでも受けるつもりで私たちはここへ……」

という初名の言葉が終らないうちに、

「私はそういうことをいうために、ここにきたのではありません」

はっきりした口調で広恵がいった。

初名は不意を突かれた。志津子をちらりと見ると、不審な表情が浮びあがっている。

「今更、あなたたち二人を責めても仕方がないじゃないですか。あなたは私をすてて、その人を選んだ。これが今回の出来事のすべてです。じゃあ、すてられた私はどうしたらいいのか。それをはっきりさせるためにここにきたわけで、泣きごとや責めの言葉を口にする気はありません」

「どうしたらいいのかって、それはお前」

初名の胸がざわっと騒いだ。

「私は初名の家の嫁です。その嫁としての筋を通したいのです」

凛とした声が店中に響き渡った。

「筋って、それは」

おろおろと初名はいった。

「今回の出来事で、いちばん傷ましいのは、志津子さんのご主人が自ら命を絶ったということです。ですから、初名の家としても、それに関して相応の対応をしなければなりません」

いうなり広恵は右手を懐《ふところ》に入れて何かを抜いた。光っていた。果物ナイフだ。広恵は果物ナイフの刃先を、ぴたりと自分の右の首筋に押しあてた。

声にならない悲鳴が志津子の口からあがった。カウンターの行介と冬子が飛んできて広恵の脇に立った。

「奥さん、そんなことは!」

行介が叫んだ。

「止めないでください。これが初名家の嫁として出した結論です。瀬川さんが命を絶った以上、こちらも誰かが死ななければ筋が通りません。それなら私が死ぬのがいちばんです。何といっても私は、もう用なしの人間なのですから、生きていてもしようのない人間ですから」

広恵も叫んだ。

「違うわ、それは違うわ」

冬子の声だ。

「それをいうのなら、奥さんじゃなくて当事者の初名先生が命を絶つのが筋。奥さんが死んでも筋は通らない」

とんでもないことを冬子がいった。

「初名が死んでも丸くは収まらない。でも私が死ねば」

広恵の口調は変らない。

「形だけは丸く収まるかもしれないけど、二人の人間が死んだら生き残った初名さんと志津子さんはどうなるんですか。ちゃんと暮していけると思うんですか」

諭すようにいう冬子に、

「そんなこと、私の知ったことではありません」

広恵が怒鳴った。

形相が変っていた。歪《ゆが》んでいた。

「知ったことじゃないって――ひょっとして奥さん、筋というのは建前で本当は初名さんと志津子さんを困らせたいだけじゃないんですか」

冬子も怒鳴った。

「ええ、そうよ！」

広恵が怒鳴り返した。一瞬の間の後、

「筋なんかどうでもいい。私はこの二人を困らせてやりたかった。ただそれだけ。真面目一筋で何十年もつくしてきたのに他の女に走ったこの人を、困らせてやりたかった。初名を女の許に行かせてから、私のなかの何かが音を立ててぷつんと切れたの。だから私は、いい妻をやめた。莫迦《ばか》らしくてやっていられなかった。日を追うごとに憎しみが体のなかにたまっていった」

「だからといって、奥さんが死ぬのは」

行介が声を荒げた。

「私には先がないの。夢も希望も何もないの。これから生きていったって恥をさらすだけ、苦しいだけ。そうだとしたら……」

「恥をさらそうが苦しもうが、死んだら駄目。私なんかこの行ちゃんが大好きで、だから出所に合せて浮気をして、それを理由に離婚してもらった。でも、いまだに行ちゃんは私と一緒になってくれない。私についてまわるのは後ろ指の世界。それでもちゃんと生きている。恥をしのんで生きている。生きてさえいれば、何かいいことがあるんじゃないかと思って生きている。だから、死んでは駄目。何があろうと生き抜かなければ駄目。何があろうと」

「離婚をしてもらうために浮気……」

呆気にとられた表情で広恵が冬子を見た。

そのとき行介の節くれ立った右手が、ナイフを持った広恵の腕をつかんだ。引きつれのある、あの右手だ。広恵の顔が痛さに歪み、ナイフが手から落ちて床に転がった。広恵は両肩を落してうなだれた。

「もうひとつ訊きたいことがあるの。広恵さんはなぜ二人のアパートじゃなく、この店で会うことを承諾したの。どう考えても変。いくら行ちゃんのことを噂に聞いてるといっても、私には不自然な気がした。それこそ筋が通っていない。それもひょっとして」

冬子が諭すようにいった。

「そう、賭けてみたの。人を殺したことのある人間の店なら、ひょっとしたら何とかしてくれるかもしれないってことに。いくら先のない私でも死ぬのは怖い。だから、宗田さんが止めてくれたならそれに従おう。止めてくれなければ潔く死のうと」

途切れ途切れに広恵はいい、肩を震わせて泣き出した。

「じゃあ、もう死ななくていいんですね。行ちゃんが止めてくれたから」

ほっとしたような声で冬子がいった。

「広恵――」

それまで体を竦《すく》ませていた初名は叫ぶような声をあげた。

「私はどうしたらいいんだ。こんなことになって私は――もし、お前が私に戻ってくれというんなら、私は」

「それ以上は、いっては駄目」

冬子がきつく制した。

「何がどうなろうと、初名先生は志津子さんと一緒になって幸せになってください。それが私との約束ですから。たとえ悲しみの上に成り立った幸せでも、それを実行してください。そうでないとあまりに辛すぎます。だから……」

「冬子さん！」

初名は冬子の顔をまじまじと見た。このなかで一番悲しいのは冬子ではないかと、ふと思った。そして、冬子のいうように志津子と二人で暮していこうと思った。何がどうであろうと、やはり後戻りはもうできないのだ。視線を行介に移すと、泣き出しそうな顔をしていた。広恵の肩が激しく震えていた。フロア一杯に悲しみが溢れていた。

初名は隣の志津子の手をそっと握りこんだ。
働きづめの荒れた手だった。

恋歌

小さな吐息をそっとついた。

シンクのなかの洗い物をしながら、行介の視線はちらちらと奥の席を窺う。仲よく話しこんでいるのは、冬子と総合病院の外科医の笹森だ。行介は乱暴な手つきでコーヒー茶碗を洗いつづける。

鈴が音を立てて扉が開き、見知った顔が行介の前のカウンターにやってきた。

「いつものやつ」

丸椅子に座るなり、投げつけるようにいった。島木である。何があったのか、疲労感が顔に表れている。

無言でサイフォンをセットしてアルコールランプに火をつけると、

「ところで、あれは何だ」

奥に視線を走らせた島木が、無愛想な声をあげた。

「何だといわれても、俺にはどう答えていいか、わからん」

仏頂面《ぶっちょうづら》で行介は答える。

「いつごろから、ここにいるんだ」

「三十分ぐらい前か——一緒にやってきて、奥の席に座りこんだ。多分、二人でどこかに行った帰りだろう」

「要するにデートをして、その帰りにお前さんの店に寄ったっていうことか」

頭を振りながら島木はいい、

「お前さんに対する、冬ちゃんのあてつけか」

真直ぐ行介の顔を見た。

「冬子に限ってそんなことはないだろ」

「そうだな、今までの冬ちゃんなら、そんなことはなかった。だが、人間の心は変るもんなんだ。それこそ、日々刻々とな」

「人間の心は変る……」

独り言のようにいう行介に、

「それだけ冬ちゃんも、切羽つまってるんじゃないのか。お前さんに対する熱い思いと、そして」

それだけいって、島木が言葉を切った。

「そして、何だ」

苛立ったような声が出た。

「冬ちゃんに対しての、笹森先生のプロポーズ攻勢だよ。先生も、いいかげん焦《じ》れてるんじゃないか。いい返事がなかなか聞けないことに」

商店街きってのプレイボーイといわれる島木は、するすると絵解きをする。

「プロポーズ攻勢か、なるほどな」

行介の重い声に、

「中《あた》らずと雖《いえど》も遠からず。そういうことだと俺は思うよ」

島木も重い声で答える。

「で、それを聞いた行さんとしては、いったいどうするつもりなんだ」

島木の問いに行介は無言で首を振った。

「答えようがないか。冬ちゃんも厄介な男を好きになったもんだ」

腕をくんで島木が唸ったところへ、

「熱いから気をつけろよ」

行介は湯気の立つコーヒーを島木の前に置く。

「もっとも、俺も今は人の心配をしている場合じゃないんだけどな」

お節介好きの島木にしたら珍しい言葉を口にした。

「どうした、何かあったのか」

行介の問いに島木は黙ってコーヒーカップを口に運び、音を立ててすすりこんだ。

「実は、女房に浮気がばれた。よくある話だが、風呂に入っているときにケータイのメールを読まれた」

肩を落してぼそりといった。

「そんなことはお前にしたらしょっちゅうで、今に始まったことじゃないだろう」

「ところが今回は、そう簡単には収まらないようでな。それで俺も頭を抱えこんでるんだ」

「今までと何か状況が違うのか」

怪訝《けげん》な思いで行介は訊く。

「相手の年がな」

蚊の鳴くような声を島木は出し、

「俺より二つ上ということでな——それが、あいつには気にいらないようで。だからな」

途切れ途切れにいった。

「相手の年が上だと、何かよくないことでもあるのか」

「相手が若けりゃ遊びですむが、年が上だということは本気なんじゃないかってな——とまあ、久子《ひさこ》はこんなことをいうんだが」

呟《つぶや》くようにいってから、

「それに、自分より上の女を俺が相手にしているということに我慢できんのだろう。女としてのプライドが傷つけられているようでな」

大きな溜息を島木はついた。

「女としてのプライドか」

口に出してから行介は奥の席に目をやる。笹森の話を何やら相槌を打って冬子は聞いている。楽しそうに見えるが、冬子は自分と同い年。女としてはそろそろ……。

「それで、久子さんは何といってるんだ」

行介は視線を島木に戻す。

「事と次第によっちゃあ、離婚をしてもいいといっている」

島木は両肩をすとんと落とし、

「どうも、今度ばかりは本気のように俺には思える。というより、今のところ半分ほどは本気だと久子自身がいっていたし。妙に落ちついたもののいいようで、そのくせ、目には力がみなぎっている。浮気がばれたのは一週間ほど前だが、あいつが離婚話を切り出したのは一昨日のことだ」

唸るような口調でいった。

「その、事と次第というのは、どういう意味なんだ」

「俺にもよくはわからんが……要するに、さっさと別れて家業に専念しろということだとは思うんだが」

「で、その女性とは別れたのか」

「そんなに急には別れられないさ。物には順序というものがあるからな」

「事がこれだけ深刻になっていては、そんなことをいってる場合じゃないだろう」

「それはそうなんだが、あいつは」

島木はほんの少し迷ってから、

「可哀そうな女なんだ」

ぽつりといった。

「いつものお前らしくない言葉だな。ひょっとしてお前、その女性を本気で」

思わず声が大きくなった。

「どうやら半分ぐらいは本気のようだ。そこらへんを何とかの勘で、久子は敏感に察したのかもしれないな……だけど、人の気持は止められない。そう思ってしまった以上はどうしようもない。だから、どうしたらいいのか困ってるんだ」

いやに真面目《まじめ》な顔で島木が答える。

「大体、その女性というのは、どこの何という人なんだ」

「名前は原口雅子《はらぐちまさこ》さん。隣町の商店街の惣菜屋で働いている未亡人だ」

「隣町の商店街って、なんでお前がそんなところに行く用事があるんだ。浮気相手を探しでもしていたのか」

辛辣なことをいう行介に、

「それはともかく、俺はその惣菜屋で白いエプロンを着けて立ち働いている彼女を見て、心に疼《うず》くものを感じた。とりあえず、そのときはコロッケを三個買って二言三言だけ会話をかわしてだな」

島木は言葉を切って宙を睨《にら》む。

それからは日参して、雅子の関心をひくためにコロッケを買いつづけたと島木はいった。

外で食事をすることを承諾させたのは、ひと月ほどたったころ。雅子の仕事が終るのを待って、どこへ行こうかと訊いたときの返事がよかったと島木はいった。そのとき雅子は、たった一言、

「ファミレス」

と答えたという。

高級な店よりも、そのほうが落ちつくからと雅子はいい、和風ハンバーグ定食を頼んだ。島木も同じものを頼み、二人は仲よく向き合って食事をした。

年齢を聞いて島木は驚いた。まさか自分より年上だとは。てっきり三十代のなかばほ

ど、そう思いこんで声をかけつづけたのだが。

五年ほど前に雅子は亭主を脳卒中で亡くしていた。水道の配管工をしていた亭主の重《しげ》春《はる》は大酒飲みで、酒を飲むと訳もなく雅子に暴力をふるった。雅子を苛《いじ》めるのが唯一の憂さ晴らしのように手をあげた。

「これを見てください」

話しながら雅子は右腕の袖をまくりあげて島木に見せたという。丸い形の火傷の痕が数箇所あった。

「酔った勢いで、亭主がタバコの火を無理やり押しつけた痕です」

恥ずかしそうに雅子はいった。

「だから、薄情なようですけど、亭主が亡くなったときは、ほっとしたのも確かです。これで暴力から解放されたんだと」

「解放ですか――そうなると、そのあと再婚のほうは」

気になったことを島木は訊いた。

「再婚しようなどという気持は、まったくありませんでした。もう、男はこりごり。幸い、子供もありませんでしたから、これからは何とか一人で生きていこうと。収入はぎりぎりですけど、気持だけは楽ですから」

何でもない口調で雅子はいったそうだ。

二人が最初の関係をもったのは二カ月ほど前のこと。ファミレスで食事をしたあと、雅子がぽつりとこんなことをいった。

「男の人はみんな乱暴だと思いこんでいましたけど、島木さんは違うんですね」

嫌われるのがいやで、それまでは大事に雅子を扱ってきた島木だったが、この一言で体のなかの何かが動いた。

「何の取柄もない男ですが、優しさだけは人に自慢できる唯一の私の宝物です」

雅子の目を真直ぐ見ていった。

「はい」

とだけ雅子は答えた。

「決して遊びではありません。真面目な気持で私は真底、雅子さんが欲しい。そう思っています」

雅子の視線が島木の顔からそれ、テーブルの上の和風ハンバーグの皿に落ちた。

「はい」

とだけ雅子はまた答えた。

その夜、島木は雅子をホテルに誘い、二人はひとつになった。島木は雅子を壊れ物のように大切に扱い、雅子は島木にひっそりと抱かれた。

「あの人は可哀そうな女なんだ」

最後に島木は、この言葉を繰り返して話を終えた。可哀そうな女……確か半月ほど前、刑務官の初名も同じようなことをいっていたのを思い出した。

「島木、それはもう恋といってもいい話じゃないか」

行介が声をあげると、

「そうだな、恋かもしれんな。だから、半分本気。そういうことだ。俺としたことが、こんなことになろうとは、我ながら呆《あき》れている状態だ」

自嘲ぎみに島木がいった。

「商店街きってのプレイボーイのお前が、そんな状態とは困ったことだが。それにしても、この先どうしたらいいんだろうな」

行介は困惑していう。

「無責任なようだが、成るようにしか成らない——これが今の俺の心境だ。だから、先のことはわからん」

「しかし、奥さんの久子さんが離婚という言葉を出した以上、お前もその言葉を真摯《しんし》に受けとめてだな。たとえ、半分ぐらいの本気度だとしてもだ」

「わかってるさ。わかってるけど、今はどうしたらいいのか、正直さっぱりわからん。そういうことだ」

島木は珍しく悲痛な声をあげ、

「俺にもしものことがあったら、ここにきてお前に相談しろとあの人にはいってあるから、そのときはよろしくな」

訳のわからないことを口にした。

「ちょっと待て。それは、いったいどういうことだ」

「たとえば、家に軟禁状態になるとか、興信所の連中が朝から晩まで俺を監視するとか。俺が身動きできなくなることも考えられるじゃないか」

まるで中学生のようなことをいい出した。

「考えられんことはないが。そういうことは、まずないと思うがな」

「ないとは思うが、まさかのときの保険のようなものだ、この店は」

今度は分別臭い顔で島木がいった。

「わかった、わかった。とにかくその雅子さんという女性がこの店にきたら、相談に乗ってやればいいんだな」

「そういうことだ。そのときは、よろしく頼むよ、珈琲屋のマスター」

島木がそういったとき、奥の席の二人が立ちあがった。カウンターに近づいてきて、笹森が軽口を飛ばしてから勘定を払う。

「あら、島木君、きてたの。折角だから、少し話をしていこ」

大袈裟な声を冬子はあげ、島木の隣の丸椅子に滑りこんだ。

「じゃあ、冬子さん。今度会うときまでに必ずお返事を」

念を押すように笹森はいい、

「ご馳走様でした」

と、丁寧に頭を下げてから店を出ていった。

「行ちゃん、私に追加のブレンドひとつ」

はしゃいだような声を冬子はあげて、隣の島木に視線をやる。

「どうしたの、島木君。死にそうな顔をしてるけど」

心配そうな表情を浮べた。

「実はな、冬子」

行介が声をあげると、

「あっ、いうのか、行さん」

慌てたような声を島木が出し、

「まあ、いいか。冬ちゃんなら幼馴染《おさななじみ》だし、誰にも喋らないだろうし」

諦めの口調でいった。

行介は今耳にしたばかりの話を、要領よく冬子に話して聞かす。

「えっ、何。そんなことになってるの。プレイボーイの島木君にしたら、珍しい話よね。そんなに一生懸命になってるなんて」

驚きの声を冬子があげた。

「だから困ってるんだ。この先、いったいどうしたらいいのか。冬子ならどうする」

重い声で行介はいう。

「どうするって」

冬子は一瞬途方に暮れたような表情を浮べてから、考えこむように頬杖《ほおづえ》をついた。

「どうにもならない」

しばらくして低い声をあげた。

「久子さんから離婚という具体的な選択肢が出ているのに、それでもなお島木君はその雅子さんと別れる気がないようだし……こうなったらもう、成るようにしか成らない。いちばんいいのは島木君が雅子さんと別れて、久子さんに平身低頭して謝ればいいんだけど、まだその時期ではないようだし」

「その時期？」

冬子の顔を行介は覗くように見る。

「そう、物事には何でも順番があるし、時期ってものがあるの。だから、そう簡単にはいかない、そういうこと」

ぶっきらぼうに冬子はいい、

「たとえば行ちゃんと、私のように」

ちらりと行介を睨んだ。

「順番も時期も、どこかに消えてしまったような関係はもっと悪い状態だけどね。動くに動けず、出るに出られず」

「それは、冬子」

喉につまった声を行介は出す。

「島木君みたいに柔らかすぎる男も難があるけど、行ちゃんみたいに硬すぎる男も問題ありだな」

「そうか、俺は問題児か」

そういいながら行介は、湯気の立つコーヒーを「熱いから気をつけてな」と冬子の前に出す。

「問題がないのは、ここのコーヒーだけっていうのもちょっと淋しいね」

冬子は両手でつつみこむようにして、そろそろとカップを口に運び、少しずつコーヒーを飲みこむ。

「やっぱり、おいしいね」

どことなく潤んだ声でいった。

「ところで冬ちゃん。さっき、少し気になる話が出てたようだけど」

島木が、ふいに声をあげた。

「今度会うときまでには必ずって笹森先生はいってたけど、あれはひょっとして」

窺うように冬子を見た。

「そう、そのひょっとして——私もそろそろ年貢の納め時かもしれない」

「それって、まさか」

素頓狂《すっとんきょう》な声を島木があげた。

「笹森先生から私への、プロポーズに対しての答え。今まで返事を延ばしてきたけど、先生にも自分なりの心づもりがあるはず。だからそろそろきちんとした答えを出さないと。先生も身動きできなくなって困ることになるからね」

「それで、冬ちゃんの返事はどうなんだ」

島木が身を乗り出した。

「結論じみたものは出てるわ」

はっきりした口調で冬子がいった。

行介の喉がごくりと動いた。

胸がざわざわと騒ぎ出した。

「正直いって、半分ほど心が笹森先生に傾いているのは確か。だからもうひと押し、何かがあれば……」

「何かがあれば、冬ちゃんは笹森先生と結婚するっていうのか」

「そうね。そのひと押しが、どちらからくるかはわからないけど」

冬子が行介の顔をじっと見た。

視線が受けとめられなかった。行介は視線を床に落して唇を嚙《か》みしめた。そして妙なことに気がついた。

冬子は半分ほど心が笹森に傾いているといった。そして先ほど、島木も雅子の件に関して半分ほど本気だといった。さらに、島木の妻の久子も半分ほどは離婚する気があるらしいと島木はいっていた。

三人が半分ほどという言葉を使っていた。自分は冬子のことが好きなのは確かだが、それでは半分ほど結婚するつもりがあるかといえば、否だった。自分にとって半分ほどという言葉は成り立たない。白か黒か、二つに一つ。この言葉しか行介は持ちあわせていない。しかし……。

「今度、冬ちゃんはいつ、笹森先生に会うつもりなんだ」

行介の思考を破って島木が声を出した。

「一週間後――もっともメールは毎日何通も届いてるけど」

抑揚《よくよう》のない声で冬子がいった。

「メールか。そうか、それでひと押しということも充分に考えられるのか。いずれにしても、あと一週間か。そういうことだそうだぜ、宗田行介さんよ」

「ああ」

島木の問いかけに行介は言葉にならないような声を出す。

「お前さんも、そろそろ腹を括《くく》ったほうがいいんじゃないか。もっとも、俺も他人《ひと》のことはいえない立場ではあるが」

島木は冷めたコーヒーをごくりと喉の奥に流しこんだ。眉間に皺《しわ》が刻まれている。冬子は無言で少しずつ熱いコーヒーをすすり、行介の胸はまだ騒《ざわ》めいていた。


三日後の午後――。

扉の上の鈴が鳴り、中年の女性客が店内に入ってきた。

島木の恋人の原口雅子――そんな思いが行介の胸を走り抜けるが、違っていた。入ってきたのは島木の妻の久子だ。

「これは久子さん、いらっしゃい」

声をかけると、久子は真直ぐカウンターの前まで歩いてきて丸椅子に腰をおろした。

「本当に久しぶり。私がここにくるのは年に数回だから、この前はいつだったか思い出せないほど」

そういってから久子はブレンドを頼んだ。

サイフォンをセットし、アルコールランプに火をつける行介に、

「島木のこと、知ってるんでしょ」

穏やかな口調で久子はいった。

「と、いいますと？」

迂闊《うかつ》なことは口に出せない。

「島木と原口雅子さんていう人のこと。それで今、家のなかが揉めてるってこと」

ここまでいわれれば、とぼけているわけにはいかない。

「知ってます。ざっとですが」

「私が離婚を覚悟していることまで、島木は行介さんに話したといってたけど」

「そんなことまで島木は、久子さんに」

ほんの少しだが驚いた。

「私と島木の間に隠し事はなし。島木はすべてを私に話して、今は家のなかでおとなしく謹慎中。もちろん、ケータイも取りあげて、朝から晩までお客さんの相手をさせているわ」

ここのところ、島木が店に顔を出さないわけがようやくわかった。それにしても、そこまで極端なことを久子がするとは驚きだった。これでは島木が以前いった、軟禁状態と同じようなものだ。

「あの、なぜそんなことを久子さんは」

思いきって訊いてみた。

「白紙の状態で今後どうするのか、島木に考えてほしいから。私と離婚して向こうの女と一緒になるのか。それとも心を改めて家業に精を出すのか。私にしたら一生に一度の大事件だから徹底的にやらないと。悔いの残らないようにね」

「悔いの残らないようにですか」

行介は復唱するようにいって、湯気の立つコーヒーを久子の前に置く。

「うわっ、熱そう」

久子ははしゃいだような声をあげ、そっとカップを指でつかみ、ゆっくりと口まで持っていく。

「熱いけど、おいしい」

目を細めていった。

「あの、島木の話では、久子さんは離婚の件について半分本気になっているとか。全部ではなく半分、それはなぜなんでしょうか」

気になっていたことを訊いてみた。

「弱いから」

久子がゆっくりとカップを皿に戻した。

「普通の人間は、いくら切羽つまってもなかなか一人では決められないの。だから半分。

あとの半分は相手の言動を、この目でじっくり確かめてからでないと、とても決められない。つまり、残りの半分は他人まかせなのよ」

「……」

「行介さんのように、いくら冬子さんが一生懸命になっても駄目なものは駄目ってはっきりいえる強い人間はいいでしょうけど、私たちはそんなに強くないから。だから、どんな異常事態になっても、半分本気」

気負うでもなく淡々と久子はいった。

「俺は別段強い人間ではないですよ。ただ、自分の筋を通すために、歯を食いしばって我慢しているだけで」

行介の本音だった。

自分は決して強い人間ではない。ひたすら耐えて我慢をしているだけ。泣きたくなるほどの淋しさに襲われることもあったが、我慢をするのが自分の贖罪《しょくざい》なのだと心のすべてを力まかせに押えつけているだけなのだ。

「そういうのを、強いっていうのよ」

あっさりと久子がいった。

「世のなかには耐えられる人と、耐えられない人がいる。そして、ほとんどの人間は耐えられない」

久子は再びカップを手にし、今度はゆっくりと味わうようにしてコーヒーを飲んだ。

そんな様子を見ながら、この人はいったいここへ何をしにやってきたんだろうと行介は疑問に思った。いくら考えても、その理由の見当さえつかなかった。多分、島木がらみのことで話をしにきたのだろうが。

久子がカップを皿に戻した。コーヒーはほとんど空になっていた。

「あの、久子さん。何か俺に話があってここにきたんじゃないですか」

行介の言葉に久子の表情が変った。

険しくて怖い顔だった。一気に年齢が十歳ほど老けたように見えた。

「ここのコーヒーを味わいにきたっていうのもあるけど、行介さんに大事な頼みがあってね」

険のある顔で行介を正面から見た。

行介はその視線を受け止めた。

「いずれ、この店にその女が現れるはず。原口雅子がここにきたら、本音の部分をじっくり観察してほしいの、行介さんのその目で」

そういうことなのだ。島木はその件も素直に久子に話したのだ。

「島木からも原口さんの相談に乗ってやってくれと頼まれていますが、しかし本当に俺を頼ってくるものなんでしょうか」

大きな疑問だった。

「くるわ、必ず。何といっても島木は今、女に会うことはもちろん、連絡の手段もないというのが実状だから。原口雅子は何がどうなっているのか、それを確かめるために必ずここにやってくる」

「そういわれれば、そんな気もしてきますが。しかし、原口さんの本音を探ってくれといわれても、俺はそっちの方面にはとんと疎《うと》いというか縁がないというか」

困った表情を顔一杯に浮べると、

「二点だけ確かめてくれればいいの。他のことはいいから」

険のある久子の顔に、すがるような表情が加わった。

「ひとつは、島木がお題目のように唱えている、その女は本当に可哀そうな境遇なのかということ。私にはどう考えても可哀そうぶって男の気を引いているだけで、本当にそうだとは到底思えないから」

「すると、女性に対してエキスパートである島木が、まんまと騙《だま》されていると？」

「そうにきまっている。そんな、男にとって女神様のような女が、この世にいてたまりますか。高級レストランより、ファミレスのほうがいいというような女が」

吐きすてるようにいった。

「いませんか、そういう女性は」

「いないわよ。男は夢を見たいんだろうけど、女はそんな夢の世界の住人じゃない。もっと強《したた》かで、もっと狡賢《ずるがしこ》い生き物なんだから。そんな都合のいい女なんか」

久子は一気にいってから、

「私がその惣菜屋に乗りこんで、その女と直接対決してくればいちばんの早道なんだけど、そんなことをすれば何らかの結論をその場で出さなければいけなくなる。だから、直接自分で確かめるのはいちばんあと。何たって、私たちは行介さんと違って弱い人間だから」

拝むような仕草をした。

「あの、もうひとつというのは……」

ざらついた声を口から出すと、

「その女の本気度――これも島木をたぶらかすための演技なのかどうなのか。私は演技だと頭から疑ってかかっているけどね。それを見定めてほしいのよ」

無理もないとはいえるが、久子から見れば原口雅子の長所はすべて一刀両断。すべて男をたぶらかすための演技ということになるようだ。

「それにしても難しい役目ですね。そんな大役、俺にはとてもつとまるとは。何といっても、あの島木が歯の立たない相手なんですから、俺なんか赤子同然で……」

首を振りながらいうと、

「島木には先入観がなかったけど、これで行介さんには立派な先入観ができたから大丈夫。すべてを疑ってかかれば、必ず正体を見破られるはず。お願いだから、ねっ、行介さん。この通りだから」

久子は両手を合せて、カウンターの上で思いきり頭を下げた。

「しかしなあ」

なおも渋る行介に、

「絶対大丈夫。何といっても行介さんは、人を殺したことのある身。普通の人間とは違うんだから」

こんな言葉を久子は口にした。


「久子さんが、そんなことを頼みにわざわざここへ！」

こくんと喉の奥にコーヒーを落しこんで冬子が驚いた声をあげた。

「そういうことなんだが」

行介はひと呼吸おいてから、

「久子さんがいうように、本当に雅子さんという人はくるんだろうか」

冬子の顔を凝視していった。

「くるわ」

即座に冬子が反応した。

「私が同じ立場だったら、絶対ここへくるもの」

両目が輝いて強い光を放っていた。

「そうか、くるか。冬子がそういうのなら、くるんだろうが、いったい何をしに――といういうより何を確かめにくるんだろう」

「愛の種類……」

ぽつりと冬子はいった。

「愛の種類って、いってる意味がよくわからないんだが」

「愛には種類がいろいろあるのよ。行ちゃんには、多分わからないだろうけどね」

一気にいってから、冬子は喉を潤すようにコーヒーを口に含んだ。

「わからないな。俺は愛なんてものはひとつしかないと、ずっと思っていたけど」

怪訝な思いを素直に口にした。

「そうなんだろうね。行ちゃんにとって愛はひとつだけ。枝道なしの一本道。それがいいところでもあり、厄介なところでもあるんだけどね」

小さな吐息を冬子がもらした。

「一本道では駄目なのか」

行介は憮然とした思いで口に出す。

「時と場合による。二人の関係が順調ならそれでもいいけど、そうでないときは状況に合せて臨機応変に……」

冬子の声がふいに掠《かす》れた。

ようやくわかった。

冬子は自分とのことを雅子の件になぞらえていっているのだ。だが、どういわれようとも行介にとって愛はひとつ。他に考えようなどはなかった。

「話を戻すけど、さっき冬子のいった愛の種類というのには、どんなものがあるんだ。俺には想像できないんだが」

空咳《からぜき》をひとつして行介はいう。

「男と女に限れば、一途な愛、結婚を目的にした愛、あそびの愛、金銭を目当てにした愛、互いの傷口をなめあう愛、淋しさを紛らわせるための愛……考えればきりがないほどあるんじゃないの」

「なるほど、そういうことか」

「その愛の種類を雅子さんは確かめにくるのよ。雅子さんに対する島木君の」

「島木は半分本気だといってたから、ひょっとしたら結婚っていうことも考えてるんじゃないか。そうなったら、それはそれで大変なことには違いないが……」

低い声を行介は出す。

「島木君はそういうことなんだろうけど、雅子さんのほうはどうなのかしら」

「俺にはよくわからないが、向こうも同じようなもんじゃないのかな」

「表面的には多分雅子さんの頭のなかにも結婚という言葉があるんだろうけど、その動機が何なのか。本当に島木君のことが好きなのか、それとも結婚という形だけのために深い関係になったのか。そこのところを久子さんは知りたくて、行ちゃんに判断してほしいんでしょ」

すらすらと冬子はいう。

「そうなんだろうが、そんな難しいことはとても俺には。いったい何をどうすればいいんだろうな」

正直な気持だった。男と女のことほど行介にとって難解なものはない。雅子の何をどう探ればいいのか、まったく見当もつかない状態だった。

「そうよね。そういうことに関してはいちばん不得手な人間に久子さんは頼んだということになるけど、ここのマスターは行ちゃんなんだから、他の人ではね」

同情的な表情を冬子は浮べてから、突然あっと叫んだ。

「私、雅子さんの話を聞いて、ちょっと引っかかるところがあったんだ」

妙なことをいい出した。

「引っかかるところ――俺は特段気がつかなかったけどな」

行介が太い腕をくむと、

「その腕よ」

低い声で冬子はいった。

「確か雅子さんの右腕には、ご主人にタバコの火で無理やりつけられた火傷の痕が数箇所あるっていってたじゃない。だけど、同じ腕に数箇所の火傷の痕って変じゃない。普通なら逃げたり暴れたりするだろうし、同じところに数箇所なんて、ちょっと変。それによほどの時間押しつけてないと、そんなにくっきりと痕なんて残らないはず」

独り言のようにいう冬子に、

「つまり、冬子のいいたいことは」

行介は先を促す。

「雅子さんの火傷はご主人からつけられたんじゃなくて、自分でタバコの火を押しつけた、根性焼。そういう可能性もあるんじゃないかと思って」

「要するに雅子さんは、若いときに不良グループに入っていて、そのときにつけた、我慢自慢の根性焼を隠すために島木に嘘をついた。そういうことか」

「そういうことかどうかはわからないけど、その可能性はあるってこと。そうなると、雅子さんが島木君にしたいろんな話も嘘だという可能性が出てくる。もちろん、可哀そうな女性だという島木君の言葉も」

理路整然と冬子はいった。

「ということは、どうしたらいいんだ」

「行ちゃんは女性と話をしても本音なんかわかるはずないから、手っとり早く、雅子さんにその痕を見せてもらったほうがいいような気がする。色は薄くても深い傷痕なら、根性焼。その逆なら言葉通り、ご主人からの暴力。そういうことになると思う。それぐらいのことなら行ちゃんにもわかるんじゃない」

「まあ、それぐらいなら」

ぼそっと答える行介に、

「行ちゃん、思いっきり熱いコーヒー、もう一杯くれる」

叫ぶような声を冬子が出した。

「それはいいが。いったいどうしたんだ、冬子」

「何だか他人の粗探しをしているようで、自分が急に嫌になった。思いっきり刺激の強いものが飲みたい」

冬子の両肩がふいに落ちた。

「粗探しかもしれないが、島木にしても久子さんにしても、家庭が壊れるかどうかの大変な話なんだから」

いいながら行介の手は自然に動き、コーヒーサイフォンをセットして、アルコールランプに火をつける。

しばらく無言のときが流れ、コーヒーの泡立つ音だけが耳を打つ。

「ほら、冬子。熱いから気をつけて飲めよ」

行介はカウンターに湯気の立つコーヒーをそっと置く。

「うん」

冬子はカップを包みこむように持って口に運ぶ。ゆっくりと口のなかで転がし、こくんと飲みこむ。

「嫌な女だけど、おいしい」

掠れた声でいった。

「そうか、うまいか」

ほっとした思いで行介が口に出すと、

「考えてみたら、私も雅子さんも似たような境遇なんだけどね」

溜息をついて、冬子は宙を睨んだ。

「結婚か」

呟くように冬子はいい、それからは無言でコーヒーをすすった。

笹森との約束の日が明後日に迫っていた。

午後三時を回ったころ。

扉の鈴が鳴って見知らぬ女性が店に入ってきた。

白っぽいブラウスに長めのスカート。今時の女性には珍しく髪は黒色で、ふわりと柔らかくまとめあげているが、一言でいえば地味な雰囲気の女性だった。

行介の胸が、ざわっと騒いだ。おそらく、原口雅子。その名前がすぐに浮んだ。

女は店に入ったところで、ほんの少し立ち竦《すく》んでいたが、意を決したように硬い表情でカウンターの前にやってきて、体を縮めながら丸椅子に座った。

「いらっしゃい」

行介は柔らかな声をかける。

カウンターには今日も冬子がいたが、その他には店内に客はいない。

「あっ、あの、ブレンドお願いします」

女は蚊の鳴くような声でいい、小さな吐息をもらした。

しばらくして、湯気の立つコーヒーを行介は女の前に置く。

「熱いですから」

という行介の声に、女は無言でうなずいて右手を伸ばす。押し頂くように持ちあげて、ほんの少し口のなかに流しこむ。

「原口雅子さんですか」

女がカップを皿に戻したとき、行介のほうから声をかけた。

「あっ、はい。原口です。お初にお目にかかります」

丁寧に頭を下げた。

「島木からきいています。あなたがここにくるかもしれないということも」

「すみません。何か問題がおきたら、この店にきて相談しろって島木さんからいわれていたもので、勝手なようですがきてしまいました」

恐縮したように雅子はいう。

「いえ、そんなことは」

と行介はいい、雅子の隣にいる冬子を簡単に紹介する。

「こちらが冬子さんですか。島木さんからよく、仲よし三人組の話は聞いています」

雅子は立ちあがって頭を下げ、冬子も椅子からおりて挨拶を返す。

「島木と連絡がとれなくなり、それで心配して原口さんはここにこられた。そういうことですね」

椅子に腰をおろした雅子に、行介は単刀直入にいう。

「その通りです……」

消え入りそうな声に、行介は島木の今の状態をつつみ隠さず雅子に話して聞かすが、むろん久子の件は口に出さない。

「そんなことに」

雅子は一瞬絶句してから、視線をカウンターの上に落した。

重苦しい空気が周りをつつみこむ。

「あの、私はいったいどうしたらいいんでしょうか」

泣き出しそうな声を雅子があげた。

「それは」

と行介が苦しげな声を出したとき、

「それは、雅子さん次第です」

隣の冬子が凛とした声をあげた。

「私次第？」

訝《いぶか》しげな表情を浮べる雅子に、

「雅子さんが、島木君に対して何を望んでいるかということです」

はっきりした口調で冬子がいった。

「島木さんに対して私が……」

雅子の語尾が掠れた。

「はっきりいえば、何も望んでいないというのなら、このまま別れたほうがいいでしょうし。もし、島木君との結婚を考えているなら」

冬子の言葉に雅子の喉がごくりと動いた。

「誰が何をいおうと、徹底的に闘って島木君を奪い取り、結婚というものを手にすべきです」

きっぱりといい切った。

「おい冬子。それはちょっと、いくら何でもいいすぎなんじゃないか」

行介は慌てていった。

「事がここまできたからには、雅子さんの取る行動はこの二つしかないはず。それがいいにつけ悪いにつけ」

むきになったように冬子はいう。

「それはそうなんだろうが、そこまでいわなくても」

「こういうことは、はっきりしたほうがいいの。そして、それをきめるのは雅子さん自身。自分の本心に忠実に従って行動すれば、なんら疚《やま》しいことはないはず。だから、うやむやにしないで、正直に」

冬子の目は雅子の顔を射貫くように凝視している。

「私は――」

叫ぶような声を雅子があげた。

「島木さんが大好きです。できれば結婚したいと思っています。でも、そんなことが許されるとは考えていません。私は島木さんと時々逢って楽しい時間を過せれば、それでよかったんです。それがこんなことになって、白黒をつけなければいけないようなことになるなんて、私は……」

悲痛な声で雅子はいった。

「物事には機というものがあるんだと思う。そして、雅子さんにとっても島木君にとっても、今がその時期。だから、自分の心に正直に従って行動すればいいと私は思う。誰に恥じることもないはず」

強い口調で冬子がいった。

いつもの穏やかな冬子はそこにはいなかった。挑戦的だった。まるで自分のことのように冬子はまくしたてた。

「じゃあ、私は」

雅子が冬子を見返した。

「どんな方法でもいいので、まずは島木君に逢って自分の気持を伝えないと。といっても、もちろん私たちが手伝うことはできない。それは、雅子さん自身が考えないと。島木君の家とは同じ商店街のご近所同士でもあるし。最後の手段として、島木君の店に乗りこむという手もないことはないけど。何といっても最後の手段だから、よくよく考えて」

噛んで含めるように冬子はいう。

「わかりました。私なりに闘ってみます。私、島木さんが大好きですから。ありがとうございました。これで決心がつきました」

冬子に向かって雅子が頭を下げると、

「雅子さんて、ご主人から虐待を受けてたんですか。殴られたり蹴られたり、タバコの火を押しつけられたり。とんでもない目にあわされたそうで」

冬子が何気ない口調で切り出した。

あの件だ。あれを冬子は質《ただ》そうとしている。

「はい。酒癖が悪くて、酔うと見境いなく私に暴力をふるって、生傷が絶えませんでした」

細い声で雅子はいった。

「まだタバコの火の痕が腕に残っていると聞きましたけど、どんな状態になるんですか。一度、私にも見せてくれませんか。何かの参考といったら変ですけど」

「いいですよ。こんなものでよかったら、いつでもお見せしますよ」

いうなり雅子はブラウスの右袖のボタンを外し、ゆっくりとまくりあげた。

白い肌がむき出しになった。

火傷の痕は腕の内側に四箇所、手首から五センチほどのところだった。丸い火傷の痕は醜く引きつっていたが、生々しさは感じられなかった。疑ってかかれば、やはり古傷のように見えた。

「ありがとうございます、充分です」

くぐもった声で冬子はいい、大きな吐息をもらした。

「ずいぶん、酷《ひど》い傷のように見えますが」

ぽつりといった。

「はい、乱暴な人でしたから」

袖をおろしながらいう雅子に、

「逃げることはできなかったんですか」

冬子が雅子の顔を再び凝視した。

「それは、主人はけっこう力が強くて、押えこまれてしまうと逃げるなんてことはとても……」

「でも、暴れることぐらいは——それにしては火傷の痕が、けっこう深く残っていますね」

「えっ……」

雅子の顔が怪訝な表情に変った。

「それに、ずいぶん古い痕のように見えますが」

「それは……」

声が震えた。

「根性焼ですよね、それって」

最後の一言が冬子の口から出た。

「それは……」

雅子は同じ言葉を繰り返して黙りこんだ。両肩が落ちていた。のろのろと膝の上のバッグから財布を出し、カウンターに硬貨を置いた。

「すみませんでした」

それだけいって、ゆっくりと席を立った。

扉の鈴がちりりんと鳴った。

「やっぱり、嘘っぱち。根性焼だった。暴走族だか何だか、あの人、そういう時代があったんだ」

溜息まじりに冬子がいった。

どことなく悲しそうな声に聞こえた。

「ということは、あの人のいっていることは全面的に信用できない。そういうことになるのか」

行介も力のない声を出す。

「極端なことをいえば、生活苦から居心地のいい妻という名前の居場所が欲しかった。そうなりそうね」

吐き出すように冬子はいってから、

「でも、これでよかったんじゃないかな。少なくとも島木君のところの家庭崩壊はなくなると思うから。もっとも、島木君が心を入れかえて家業に励むという条件はついているけどね」

しんみりとした口調でいった。

「それはそれで、大変だ。一年もてばいいほうだな」

「一年もてば、久子さんも許してくれるんじゃないかな。あとはまた、商店街一のプレイボーイの誕生。今までのように、あまり大っぴらにはできないだろうけど」

「そうか、一年で釈放か。それくらいなら、あいつにはいい薬かもしれないな」

行介は一人でうなずいてから、

「久子さんのほうには、明日にでも連絡はしておくよ。何もかもつつみ隠さず、今日の出来事をありのまま」

「うん。とにかくこれで一件落着。とんでもないことにならなくて、よかった」

と冬子がいったところで、『辻井』と染めぬかれた上衣のポケットのケータイが軽やかな音を立てた。

「はい、冬子です」

席も立たず、冬子はその場でケータイを耳に押しあてる。

「わかりました。いつものところで。はい、きちんと返事はしますから」

相手は笹森に違いない。

行介の胸がぎりっと軋む。

例の返事のために逢う場所だ。

冬子は五分ほど話をして、ケータイを切った。

「笹森先生か」

ぼそっというと、

「そう」

冬子は短く答えてから、

「もし結婚してくれるのなら、新婚旅行は私の好きなところに行こうって。それに、よかったらお母さん同伴でもいいからって——そりゃあ、そうすればお母さんは喜ぶかもしれないけど、ちょっとねえ」

行介の顔から視線を外していった。

「新婚旅行か」

呟くようにいうと、

「じゃあ、私帰るね」

冬子はゆっくり立ちあがり、ポケットから財布を出してカウンターに硬貨を置いた。何だか、さっきの雅子の手つきに似ているように感じた。

鈴の音が響いて冬子の背中が外に消えた。

店が急に静かになった。


翌日、行介は夕方になって店を閉め、外に出た。

雅子のことで確かめたいことがあった。そのために隣町まで足を延ばすつもりだった。八時には久子が昨日の話を聞きにやってくる。それまでに自分の気持の整理をしておきたかった。

電車を降り、駅前商店街を歩いていくと目指す惣菜屋はすぐに見つかった。ガラス製のウィンドーケースの向こうに白いエプロンを着けた雅子の姿があった。

客の応対をしていたが特に打ちひしがれた様子もなく、雅子はてきぱきと相手をしているようだ。ほっとした思いと何となく裏切られた気持が交錯して、行介はもう少し雅子の様子を見ていたくなった。

ちょうど向かい側に小さな喫茶店があり、行介はその店に入って雅子の姿がよく見える窓際の席に腰をおろした。注文したコーヒーを手に取り、ひとくちすすってから窓に目をやり、ひょっとしたら島木もこの席に座ったことがあるのではないかと、ふと思った。

時間のせいもあるのだろうが、はやっている惣菜屋のようで客足が絶えることはなく、雅子は要領よく商品を客に手渡して愛想よく振るまっている。

また、裏切られた気分が頭をもたげた。

島木とのことはやはり、計算ずく……。

行介が確かめたかったことは、ただひとつ。

確かに雅子の過去には根性焼をしたような時代もあったのだろうが、その一点さえ除けばあとの話は真実ではないのか。いわば、その時代は雅子にとって唯一思い出したくないものであり、隠したいものだった。だが腕の火傷の痕は隠すことができない。だから雅子はあんな嘘を――。

逆にいえば、それほど雅子は島木のことを好きだった。島木に対する雅子の愛は本物だった。そういうことではないのか。だが雅子の様子を見る限り、昨日のことで落ちこんでいる様子はまったく見られない。

行介は通りの向こうの雅子の様子に目を凝らす。客と会話をし、顔にはこぼれるような笑顔……しかし、何だか違和感のようなものが。そんな思いに駆られたが、それが何であるかはわからないまま、行介は雅子を見続けた。

どれほど時間が過ぎたのか。

「あっ！」

と行介は胸の奥で声をあげた。

ガラスのウィンドーケースから、ぼんやり透けて見える雅子の両手だ。しっかりと握りこまれていた。雅子は笑顔を客に向けながら両脇にたらした左右の拳を力一杯握りしめているのだ。両の拳のなかに、すべての感情を押えこむように。

雅子は見えないところで耐えていた。

精一杯耐えながら店頭に出ているのだ。

そういえば妙なことに行介は気がついた。

島木や久子、それに冬子までが口にしていた「半分」という言葉を雅子は昨日の話のなかで一度も口にしなかった。すべてはそういうことなのだ。

行介は伝票を持って立ちあがった。どうなるものでもなかったが、雅子に声をかけたかった。

喫茶店を出て惣菜屋に向かった。

ちょうど客が途切れ、行介はウィンドーケースを隔てて雅子の前に立った。

「宗田さん！」

雅子の口から驚きの声があがった。

「昨日はどうも失礼しました」

行介は頭を下げるが、このあと何をどういったらいいのか見当もつかない。

「あの、コロッケ三個ください」

こんな言葉が飛び出した。

「あっ、はい」

すぐに雅子は動いて、手際よく三個のコロッケを紙袋に入れて手渡してくれるが、そのあと左右の拳を硬く握りこむのがわかった。

勘定を払ったあと、

「原口さんは嘘つきなんかじゃありません。ついた嘘は、たったひとつ」

ようやくこれだけいった。

雅子の両目が潤んだ。

両の拳から力が抜けた。

「でも、いろんな意味で運が悪かった。原口さんには申しわけないけど、俺はこれでよかったと思っています」

「はい」

こくりと雅子はうなずいた。

「それだけがいいたくて……どうか幸せになってください」

行介は額が膝に着くほど頭を下げ、

「じゃあ、失礼します」

といって大きな背中を向けた。

「私は、宗田さんのように強くないんです。でも、宗田さんを見習って頑張ります。ありがとうございます」

その背中に雅子の声が飛んだ。

宗田さんのように強くないと雅子はいった。最初は意味がわからなかったが、犯した罪のことだということに気がついた。行介は殺人という罪を誰に隠すでもなく真直ぐ生きている。だが雅子は――ちらりと振り返ると、笑顔を浮べた雅子が客と話をしていた。ガラスごしに見える左右の拳は、もう握られていなかった。今度は行介の目頭が熱くなった。

紙袋のなかから、コロッケのいい匂いが漂った。


八時ぴったりに久子はやってきた。

なんと島木も一緒である。

カウンターには先客として冬子がいたが久子は特段文句もいわず、冬子の隣の丸椅子に島木と一緒に座りこむ。

「女の正体が、わかったんですって」

開口一番、久子がいった。

「正体というか何というか。まあ、ありのままを実際に原口さんとやりとりをした冬子が話しますので、判断のほうは久子さんがしてください」

「冬子さんが！」

久子はちょっと驚いたようだったが、

「ちょうど私が居合せたから、話しべたの行ちゃんが相手をするより私のほうがと思って。それで……」

久子は冬子の言葉を聞いて納得したようで小さくうなずく。島木は苦虫を嚙み潰したような顔で宙を睨みつけている。

「それでは話しますから」

と、冬子は昨日の雅子とのやりとりを詳細に久子と島木に話し始める。話は十五分ほどつづき、冬子が口を閉じると、

「やっぱり、嘘つきだったんだ、その女」

大きくうなずきながら久子がいった。

島木は宙を睨みつけたままだ。

「嘘つきなのかどうかはわかりませんが、事実は冬子のいった通りです」

本当は今日の雅子とのやりとりを行介はこの場で話したかったが、そんなわけにはいかない。すべてはもう終ったことなのだ。

「しかも、元暴走族だなんて、あなた、本当に危ないところだったわね」

久子は島木に同意を求める。

「まあ、そうともいえるな」

仏頂面で島木が答える。

「そういうわけですから一件落着ということで、当店自慢のコーヒーでも飲んでください」

柔らかな声で行介はいって手際よくカウンターに三人分のカップを並べ、次々にサイフォンからコーヒーを注ぐ。

「やっとコーヒーのお出ましか。今日はえらく遅めの出番だな、行さん」

島木が嗄《しわが》れた声を出す。

「締めに出すコーヒーは、より心を温かく素直にしてくれるからな。そのつもりで深く味わって飲んでくれよ」

「おいしいね。やっぱり行ちゃんのコーヒー」

冬子の言葉に、久子も島木も素直に首を縦に振る。

「本当においしい」

いってから久子は隣の島木を見て、

「とにかく、あなたは当分謹慎だから、そのことを忘れないように」

諭すようにいった。

どうやら久子の機嫌は直ったようで、この分なら離婚騒動も収まるに違いない。

「じゃあ、帰りましょうか。行介さん、冬子さん、本当にありがとうね。お勘定はこの人のチケットでお願いね」

コーヒーが空になり、久子が立ちあがる。

「行さん、世話をかけたな。じゃあ、いずれまた」

いずれまた、が何なのかわからないが島木も腰を上げ、大袈裟に手を振って扉に向かう。

久子が行介のほうに身を乗り出した。

「ごめんね、行介さん。やっぱり誰かを悪者にしないと、こういう話は収まらないから。悪いのはみんなうちの宿六」

それだけいって久子は島木の後を追った。

残されたのは冬子と行介だけ。

「誰かを悪者にするか――久子さんも雅子さんが嘘つきじゃないことは、わかってたみたいね」

首を振りながら冬子がいった。

「わかってたって、じゃあ、冬子も——」

「わかるわよ、少し話をすれば相手がどんな人なのかぐらいは。雅子さんはいい人。おそらく嘘は、あの火傷のことだけ」

「そうか、わかってたのか」

行介の胸がすっと軽くなる。

みんなわかっていたのだ。この分でいくと島木自身も……みんなわかっていたから、辛くはあったが丸く収まった。

「実はな、冬子」

行介は今日雅子に会ってきた一部始終を冬子に話そうと思った。話さなければいけないと思った。

「やっぱり、いい人だったんだ、あの人」

話を聞き終えた冬子が、体の奥から絞り出すような声をあげた。

「でも、いい人って、みんな不幸になるみたいよね、私もそうだけど」

唇を少し尖《とが》らせる冬子に、

「冬子は不幸なのか」

低い声で行介は応える。

「そうみたいよ。誰かさんが、なかなか腰を上げてくれないから」

「それは――」

一瞬行介は絶句してから、

「俺は前に冬子がいった通り、一本道だから。俺が結婚するなら冬子しかいないから。そんなことはずっと前から、生まれる前から決まっていることだから」

一気にいった。鼓動が速くなっていた。

「ふうん、生まれる前から、決まっているんだ」

「そういうことだ。だが、今はまだ時期じゃない。だけど、その時期は必ずくるはずだ。俺はそう思う」

「それまで私に待ってろって、行ちゃんはいうの？」

「そうだ。待ってろ、時期がくるまで。その時期は必ずくる。それほど遠くない日に。だから、明日の笹森先生との話は――」

つかえつかえいった。

「笹森先生との話がどうかしたの」

冬子の顔は悪戯っ子のように輝いている。

「いや、まあ、それはだな」

行介は息苦しくなってきた。

「そうだ、行ちゃん。もう一杯コーヒー飲も。この店特製のブレンドコーヒー」

はしゃいだ声を冬子があげた。

「ああ、いいけど」

ほっとした気分で行介はサイフォンをセットし、アルコールランプに火をつける。少しすると、香ばしい匂いが立ちこめる。

「コーヒーの匂いって、何となく人を幸せにしてくれるね」

「そうだな」

行介は大きくうなずいた。

「何となくじゃなく、本当に幸せなのかもしれないね」

ぽつりと冬子がいった。

コーヒーの香りがさらに強くなった。

解説

吉田伸子（書評家）

「熱いですから」

　珈琲をさしだす時に行介が必ず口にするその一言が、読後も耳に残る。その一言に込められた行介の想いが、静かに、けれど確かに、胸に落ちてくる。

　とある商店街にひっそりと佇む「珈琲屋」と、その店を訪れる人たちのドラマを描いた「珈琲屋の人々」シリーズも、本書で三作め。そろそろ行介と冬子の関係に、何か動きがあるのでは、と期待する読者も多いのではないか。

　と、話を急いではいけない。本書で初めて本シリーズを読まれる方もいるかもしれないので、シリーズの概要をざっくりと書いておく。物語の舞台となるのは、宗田行介が営む「珈琲屋」。行介は、とある事情から人を殺め、八年間の懲役に服役した過去を持つ。出所後、心臓を患った父親が閉店させていた「珈琲屋」を独力で手入れし再開させて、今に至る。

　殺人、という罪を犯した行介ではあるが、行介のその行動が結果的に商店街を救うことになったため、行介は商店街の〝ヒーロー〟のような存在でもあるのだが、行介自身は、相手を殺めた理由は、義憤に駆られたことはもちろんだが、自分自身を御しきれなかったことが大きいことを知っていた。相手に対する殺意があったこと、を行介は否定できないし、否定する気もない。一時の激情に駆られ、人ひとりの命を奪ってしまったことは、行介が一生背負っていく十字架でもある。

行介には、〝事件〟を起こす前に付き合っていた相手がいて、その相手というのが、同じ商店街で「蕎麦処・辻井」を営む辻井家の一人娘、冬子だ。冬子は、行介の服役中に見合い結婚をして一旦は嫁いだものの、行介のことが忘れられず、そのために年下の男と浮気をするという既成事実まで作り、婚家から出戻って来た。そんな冬子の想いを重々知りつつも、行介は冬子に応えることができない。自分は幸せになってはいけない人間なのだ、という強い戒めが、行介の身の裡にはあるのだ。

この行介と冬子、そして、商店街で「アルル」という洋品店を夫婦で営む島木、の三人は幼馴染で、本シリーズのいわばレギュラーキャラクター。無口で無骨な行介、たおやかな外見とは裏腹に、熱いものを心に秘めている冬子、商店街では自他ともに認めるプレイボーイであり、飄々としたものごしの島木という取り合わせが絶妙だ。

本書は前二作同様、七篇からなる連作短編集で、冒頭「恋敵」から幕を開ける。行介が服役していた岐阜刑務所で、看守長を勤めていた初名が、突然「珈琲屋」を訪ねてくる。行介が出所した年に府中刑務所に移動になり、この春退官した、という。府中には単身赴任だったため、退官後は家族のもとへ帰るはずなのに、今も東京都内で暮らしている、と語る初名に、何か事情があることを察する行介。やがて、初名が胸の内を語りそうになったその時、島木が店にやって来て、初名はその日は何も語らずに店を出て行くのだが、初名が残した「結婚をして人並な暮しをする——更生して立派に生きていくというのも、罪を償うひとつの形のような気もするけどね」という一言が、行介の胸に沈んでいく。

実はこの「恋敵」は、最終話の「恋歌」に繋がっていくのだが、このあたりの構成の妙が、心憎い。初名が残したこの言葉、実は本書の裏テーマにもなっていて、読み進めていくほどに、行介同様、読み手の中にもじわじわと効いてくる(余談だが、冒頭と最終話の呼応、は前二作も同様で、シリーズ一作めの『珈琲屋の人々』では、「初恋」と「再恋」であり、シリーズ二作目『珈琲屋の人々　ちっぽけな恋』では、「特等席」と「指定席」である)。

そして、感の良い読者ならお気づきかもしれないが、「恋敵」に始まり、「恋歌」で終わる本書は、第二話の「ヒーロー行進曲」を除けば、全て「恋」の物語でもある。もちろん、そのど真ん中には行介と冬子の〝恋〟が、ある。

と、行介と冬子の〝恋〟と書いてしまったが、この二人の関係は、もはや恋ではない。

恋を通り越したところに、二人はいる。行介さえ首を縦にふれば、明日にでも行介と冬子は結婚することができる。けれど、行介には、それができない。自分の犯した罪は消えない。そんな自分が、どうして冬子と一緒になる幸せを享受できるというのか。

本書では、そんな行介の前に強力なライバルが現れる。冬子が訳ありの女性をかばって、その女性の夫から刺される、という事件が起こった時（詳しくは前作をお読みください）、冬子の緊急手術を担当した笹森医師が、そのライバルだ。

片や、前科ありの小さな珈琲店の店主。片や、総合病院の外科医師。片や、冬子の想いは知りつつも、その想いを受け入れることを自らに禁じている男。片や、冬子の想いが行介にあることを重々知りつつも、行介の代用品でもいい、とさえ言い切る笹森。結婚と恋愛は違う、恋愛は愛し合う者同士でないと無理だが、結婚はそうとは限らない。それでも一緒に暮らすことで「情」は生まれてくるはずで、「情は愛の親戚のようなものです」と。

こんなにも想われたら、冬子の気持ちだって石じゃありませんからね。そりゃ、揺れもするし波立ちもする。何より、冬子自身、いくら行介と一緒になりたい一心から出た行動だとはいえ、夫のある身で浮気をした過去がある。いや、浮気ならまだしも、冬子は一人の人間を、離婚するための道具にした過去がある。そういう自分の〝業の深さ〟を、冬子自身が知っている。そんな自分を、こんなにも想ってくれる相手が目の前にいるのだ。

行介と冬子の関係が、この笹森の登場によって、どんなふうに変わっていくのか、或いは、変わらないのか、そのことが本書の読みどころでもあるのだが、行介と冬子以外の恋も、また読みどころ。とりわけ、最終話「恋歌」で描かれる、島木の恋とその結末が、ひりつくように切ない。

島木はシリーズ一作めでも、手痛い浮気をした過去があり（「手切れ金」）、その時は妻の久子の懐の深さに救われたのだが、今回は、その久子も鷹揚に構えてはいられない、のっぴきならない事態になってしまうのだ。何しろ、島木の浮気の相手というのが、島木よりも二歳年上なのだ。行介に浮気の顚末を語る島木は、ぽつりとつぶやく。件の相手は「可哀想な女なんだ」と。

「可哀想だた惚れたってことよ」というのは、夏目漱石『三四郎』にも出てくる言葉（そもそもの原文はサザーン作の戯曲「オルノーコ」に出てくる、Pity's akin to love）だが、この一言で、島木の本気具合が伝わってくる。何より、件の相手、雅子が、島木と外で食事をすることを承諾したのは、島木がアプローチを始めた一ヶ月も後のことであり、しかも、どこへ行こうかと訊いた島木に、彼女はこう答えた、というのだ。「ファミレス」と。高級な店よりも、そのほうが落ち着くから、と。

そのファミレスで、初めて彼女の境遇――五年ほど前に脳卒中で他界した夫は、大酒飲みで、酔うと訳もなく暴力をふるった——を知った島木は、もう引き返せなくなってしまう。そんな島木に、さすがの久子も初めて「離婚」の二文字を口にする。

この章が切ないのは、島木の想い、久子の想い、そして雅子の想いも、どれもが読み手の心に沁み入ってくるからだ。もちろん、妻がいる身でありながら、他の女性に目移りする島木が悪いのだが、恋は良い悪いでは語れない。

離婚の件に関しては「半分本気」だという久子に、何故、半分なのか、行介が尋ねるシーンがある。久子は、「弱いから」と答える。「普通の人間は、いくら切羽つまってもなかなか一人では決められないの。だから半分」弱いから決められない、というこの言葉が響くのは、行介が〝一人で決めている〟強い人間だからだ。行介は、「ただ、自分の筋を通すために、歯を食いしばって我慢しているだけで」と久子に言うのだが、そんな行介に久子は返す。「そういうのを、強いっていうのよ」「世の中には耐えられる人と、耐えられない人がいる。そして、ほとんどの人間は耐えられない」

この久子の言葉が、本書の、いや、本シリーズの要だろう。だからこそ、悩みを抱えた人々は、行介の元にやってくるのだ。行介の淹れた熱い珈琲を飲みにやって来るのだ。そして、私たち読者にとっては、本シリーズこそが、熱く、芳しい一杯の珈琲なのである。

本作品は二〇一五年七月、小社より刊行されました。
作中に登場する人物、団体名は全て架空のものです。

双葉文庫

い-42-05

珈琲屋《こうひいや》の人々《ひとびと》
宝物《たからもの》を探《さが》しに

2018年6月17日　第1刷発行
2024年9月19日　第3刷発行

【著者】
池永陽《いけながよう》

【発行者】
箕浦克史
【発行所】
株式会社双葉社
〒162-8540 東京都新宿区東五軒町3番28号
［電話］03-5261-4818（営業部）　03-5261-4831（編集部）
www.futabasha.co.jp（双葉社の書籍・コミックが買えます）
【印刷所】
大日本印刷株式会社
【製本所】
大日本印刷株式会社
【カバー印刷】
株式会社久栄社
【DTP】
株式会社ビーワークス

【フォーマット・デザイン】
日下潤一

ISBN978-4-575-52117-7 C0193
Printed in Japan

双葉文庫・池永 陽の本

少年時代

池永 陽

清流・吉田川が流れる郡上八幡の美しい四季を背景に、少年たちの心の葛藤と成長を描く長編青春小説。ドラマ化原作。

双葉文庫・池永 陽の本

漂流家族

池永 陽

日常生活の中で、誰もが持っている弱さや狡さ、そして優しさを、様々な家族に焦点をあてて描いた短編集。

双葉文庫・池永 陽の本

珈琲屋の人々

池永 陽

東京のちいさな商店街にある喫茶店『珈琲屋』。そこで語られる人間ドラマを七編収録した連作短編集。ドラマ化原作。